LA MARCA

LA MARCA

PUEDE QUE EL APOCALIPSIS
ESTÉ MÁS CERCA DE LO QUE NADIE CREE

MARIO ESCOBAR

Primera edición: octubre de 2023

8950 SW 74th Court, Suite 2010
Miami, FL 33156

Impreso en Colombia / *Printed in Colombia*

ISBN: 978-1-64473-733-0

23 24 25 26 27   10 9 8 7 6 5 4 3 2 1

Para los que están atentos a las señales
y no se han dormido mientras esperaban
a su Maestro

Entonces aparecerá la señal del Hijo del Hombre en el cielo; y entonces lamentarán todas las tribus de la tierra, y verán al Hijo del Hombre viniendo sobre las nubes del cielo, con poder y gran gloria. Y enviará sus ángeles con gran voz de trompeta, y juntarán a sus escogidos, de los cuatro vientos, desde un extremo del cielo hasta el otro.

De la higuera aprended la parábola: Cuando ya su rama está tierna, y brotan las hojas, sabéis que el verano está cerca. Así también vosotros, cuando veáis todas estas cosas, conoced que está cerca, a las puertas. De cierto os digo, que no pasará esta generación hasta que todo esto acontezca. El cielo y la tierra pasarán, pero mis palabras no pasarán.

Pero del día y la hora nadie sabe, ni aun los ángeles de los cielos, sino sólo mi Padre. Mas como en los días de Noé, así será la venida del Hijo del Hombre. Porque como en los días antes del diluvio estaban comiendo y bebiendo, casándose y dando en casamiento, hasta el día en que Noé entró en el arca, y no entendieron hasta que vino el diluvio y se los llevó a todos, así será también la venida del Hijo del Hombre.

MATEO 24:30-39, RVA1960

Hoy, el apocalipsis ha dejado de ser una mera referencia bíblica para convertirse en una posibilidad muy real. Nunca antes en el acontecer humano se nos había colocado tan al límite, entre la catástrofe y la supervivencia.

JAVIER PÉREZ DE CUÉLLAR, quinto Secretario General de las Naciones Unidas y político peruano, 8 de junio de 1982

ÍNDICE

PARTE 2. GUERRA

PARTE 3. JERUSALÉN

PRÓLOGO

Ciudad de Éfeso, año 101 de la era de Nuestro Señor Jesucristo, bajo el reinado del emperador Trajano.

Nicasio corrió por las calles empedradas de la ciudad. Ya habían encendido las lámparas de aceite, pero los últimos rayos de luz se resistían a desaparecer en el horizonte y las sombras no se habían extendido por toda la ciudad. Tras varios años de persecución, la comunidad de nazarenos intentaba pasar desapercibida, pero la reciente muerte del último apóstol había atemorizado a todos. La mayoría de los seguidores de Cristo pensaban que el final de los tiempos estaba muy cerca. Nicasio se detuvo en la puerta de la casa de Policarpo y llamó. Desde dentro, escuchó a una sierva que le pedía el santo y seña para entrar.

—Por sus llagas fuimos todos sanados…

La hoja de madera se movió lentamente. Los goznes chirriaron de tal forma que Nicasio se giró para ver si alguien estaba observando, pero apenas se veía un alma en las calles de Éfeso.

La joven llamada Briseida le sonrió, pero él no le devolvió el saludo. Sabía que Policarpo debía verlo de inmediato.

Entró en el *tablinum* donde el presbítero estaba escribiendo sobre un pergamino nuevo.

—Paz, excelentísimo Policarpo.

—Llegas tarde y el tiempo apremia. Los hombres del emperador están registrando las casas de muchos de los hermanos en busca de los escritos de Juan. Aquí conservo el más preciado —dijo mientras se daba la vuelta y sacaba un rollo de su biblioteca, lo introducía en un estuche protector y se lo entregaba.

—¡Protégelo con tu vida si hace falta! Hay un barco en el puerto que sale hacia Roma, allí estará más seguro. El obispo de Roma, Evaristo, lo está esperando. Él sabrá cómo ponerlo a buen recaudo.

—Excelentísimo Policarpo. ¿Es acaso este algún libro nuevo que nos ha dejado el amado Juan?

El presbítero miró al neófito. Era uno de los jóvenes más fieles de la congregación, conocía a los Profetas y la Ley y tenía madera de obispo, que era lo mismo que decir de mártir.

—El libro de la Revelación de Juan, el auténtico manuscrito hecho a mano por él en la isla de Patmos.

—Todos hemos leído y escuchado su libro Revelaciones de Jesucristo —prefirió llamarlo Nicasio.

Policarpo frunció el ceño. Aquel era el principal pecado de su acólito, la humildad. Se creía el más aventajado de sus hermanos.

—De una forma u otra, en esta versión está su declaración completa, ya que por seguridad se omitieron algunos versos, sobre todo cuando arreciaba la persecución del emperador Domiciano. Aunque ahora con Trajano vivimos con más paz, él aprueba que se persiga a los que sean denunciados al procónsul Quinto Julio Balbo.

En ese momento sonaron las puertas de la casa de una forma atronadora y Policarpo miró a su hermano con verdadero temor.

—Si nos sorprenden aquí con este libro, acabaremos los dos en el Circo Máximo o crucificados. ¡Apresúrate y sal por la puerta trasera!

Nicasio tomó el rollo y corrió a la parte de atrás. Estaba saliendo por la cancela cuando escuchó cómo las sandalias romanas cruzaban la casa del presbítero. Tomó la avenida de los Curetes y salió por la Puerta de Hércules antes de que los guardas las cerraran. Cuando llegó al puerto de Panormo, ya era noche cerrada y logró subir a tiempo al barco que lo conduciría a Roma. Su único equipaje era el rollo que llevaba junto a su angustiado pecho.

PARTE 1
REVELACIÓN

1
El prisionero

Campo de exterminio de Auschwitz, 23 de junio de 1943

Alexander se decía una y otra vez que no debía estar allí. Desde la invasión de los nazis, en el verano de 1941, estaba intentando proteger a los judíos que vivían cerca de su monasterio de las Cuevas de Kiev, el más sagrado de Ucrania. Durante tres meses, Kiev resistió los ataques rusos y el monasterio se convirtió en un improvisado hospital tras la capitulación. Las masacres contra los judíos se sucedieron por todo el territorio, muchas de ellas protagonizadas por sus mismos compatriotas. Los escuadrones de la muerte habían eliminado a decenas de miles de judíos y miembros del partido comunista. Alexander había sido denunciado por unos vecinos y terminado en el Campo de Janowska situado en Leópolis, pero hacía unas semanas varios trenes se habían dirigido al oeste, atravesando la frontera en dirección a Auschwitz.

Alexander descendió del vagón con cierta agilidad. A pesar de sus más de cincuenta años, se mantenía fuerte y activo. En el monasterio era el encargado de proteger y conservar su rica biblioteca, pero muchas veces ayudaba a sus hermanos en el huerto o cortando leña. Ayudó a un grupo de ancianas y niños a descender del vagón y miró alrededor. Los focos los alumbraban hasta cegarlos y se escuchaban algunos ladridos, pero, sobre todo, las voces en alemán que les apremiaban a colarse en dos largas filas.

—¿Dónde nos llevan? —preguntó una anciana que llevaba de la mano a dos niños.

Alexander la miró con ternura, se imaginaba lo que estaba a punto de suceder: los trenes que iban al oeste nunca regresaban. A su lado, una mujer de unos cincuenta años y su hija de diecinueve se quedaron juntas hasta que un soldado de las SS tomó del brazo a la muchacha y tiró violentamente de ella para que se pusiera en la otra fila. La chica se resistió, pero el soldado sacó una porra y comenzó a golpearla hasta que soltó a su madre. Detrás, un chico adolescente intentó quedarse con su padre. En este caso, el soldado no pudo separarlos, y el oficial le dijo en un alemán que el monje entendió perfectamente:

—Déjalo, peor para él o tal vez mejor.

Las dos filas comenzaron a caminar a la par, pero tras dejar el tren, la de la derecha se desvió hacia la verja y entró por una de las puertas custodiada por torres de vigilancia, mientras que la de Alexander siguió recta. Hacía calor, apenas corría el aire y todos estaban sedientos.

—¿Nos darán agua en ese bonito edificio? —preguntó la anciana.

—Seguro que sí —contestó el monje. A los lados, los guardas y los perros los custodiaban y cuando alguien se derrumbaba agotado por el hambre y la sed, lo cargaban en un viejo camión descubierto.

Tras caminar algo más de un kilómetro, los primeros se detuvieron frente a una verja. Unos hombres vestidos con un pijama de rayas la abrieron. Estaban pálidos y famélicos, como si fueran espectros que recibían a los deportados para dirigirlos directamente al infierno, pero a pesar de la oscuridad, todos vieron el césped cuidado y las flores, lo que los animó a continuar.

—¿Qué es esto? —preguntó Alexander a uno de los hombres.

—Son las duchas. Manténganse en el centro, será más rápido —le advirtió el prisionero al que su pijama le quedaba enorme. Por su mirada, Alexander comprendió que aquel era su último día, dio un largo suspiro y se santiguó. Entraron por unas escaleras que descendían a un largo pasillo con mucha luz y allí les pidieron que se desnudasen y dejaran la ropa en unos ganchos numerados. Los prisioneros que los atendían parecían autómatas que repetían una y otra vez las mismas órdenes. La mayoría de la gente del convoy eran ancianos, niños o enfermos; él era uno de los pocos hombres de mediana edad. Cuando algunos se dieron cuenta de que ya no saldrían con vida de allí, sacaban de los dobladillos de sus ropas dinero y lo rompían en mil pedazos. Unos rezaban y otros pocos maldecían.

Alexander ayudó a la anciana con los niños, parecían tan cansados y hambrientos. Les sonrió y les dijo con todo su cariño:

—Muy pronto estarán de vuelta en casa.

Los niños intentaron esbozar una sonrisa, pero se encontraban demasiado cansados y débiles. La abuela tomó al más pequeño en brazos, sus pieles pálidas tiritaban de frío a pesar del calor de aquella noche de junio.

Alexander intentó cerrar los ojos y pronunciar una oración, pero las palabras se le quedaban en la garganta, como si todo aquel horror le hubiera dejado mudo y ciego.

Al menos él sabía que todo aquel sufrimiento acabaría pronto. La humanidad tendría al fin un rey justo que los gobernara y devolviera un poco de sosiego y paz.

Al levantar la vista y ver a toda aquella masa informe de cuerpos desnudos, se imaginó como Dante en medio del infierno y decidió no pensar más y dejarse arrastrar hasta su aciago final. Notó cómo las lágrimas recorrían sus mejillas y se acordó de su madre, que había fallecido unos meses antes, y pensó que pronto se reuniría con ella.

2

Viaje

Aeropuerto de Nashville, en la actualidad

Dámaris McFarland aún no se creía que estuviera en un avión con destino a Londres. Aquel era el único vuelo directo al viejo continente; al menos no tendría que hacer escala en Atlanta o Nueva York. Llevaba años sin tomar vuelos interoceánicos. De joven había sido muy aventurera y había vivido en España y Francia. Después había recorrido con su esposo Robert casi todo el mundo debido a su ministerio como evangelista, pero desde que Robert cayó enfermo no habían salido de Tennessee. Dámaris no quería recordar aquellos tres duros años, pero eran en los que habían podido estar juntos de noche y de día, como si a medida que se acercaba su muerte, Dios les regalase algo más de tiempo.

No podía negar que se había sentido furiosa. Robert tenía cincuenta y tres años, dos más que ella, llevaba una vida sana, era un amante del deporte, en especial de la bicicleta, y jamás se enfermaba, ni siquiera de un triste resfriado. De hecho, ella no recordaba haberlo visto en cama nunca. Un día se levantó con mucho cansancio: tres meses después estaba recibiendo quimioterapia. Todos sabían que aquel tratamiento apenas servía para alargarle la vida un poco más. Cientos de iglesias en todo el mundo oraron por él y tuvo una recuperación milagrosa, pero tras un año en plena forma recayó y pasó sus últimos seis meses postrado en una cama. Mientras su cuerpo se consumía hasta casi parecer un cadáver, su alma parecía fortalecerse por momentos. Animaba a todo el mundo, siempre parecía de buen humor y no dejó de hablar de Jesús hasta que entró en coma.

Una vez, cuando las visitas los dejaron solos, Dámaris se acercó hasta la cabecera de su cama y él le susurró:

—¿Por qué estás tan enfadada? Todos tendremos que pasar por esto.

—Robert, tenemos dos hijas adolescentes y nos quedaban muchos años buenos por delante.

Él le tomó la mano y se la acarició suavemente.

—Dios nos ha dado una vida feliz, llena de bendiciones. Me hubiera gustado que cruzáramos juntos el umbral de la eternidad, pero simplemente me he adelantado un poco. El fin se acerca, me hubiera gustado haber sido arrebatado en un abrir y cerrar de ojos, tras el toque de la trompeta, mientras los muertos eran resucitados para no morir jamás, pero nuestro Maestro ha querido otra cosa. Creo que Él te necesita para algo especial y mientras yo esté aquí, tú no te separarás de mí.

Dámaris comenzó a llorar mientras recordaba aquellas palabras y una mujer mayor que estaba sentada a su lado le preguntó:

—¿Se encuentra bien?

—Sí, bueno, estaba recordando algo muy triste.

—Lo entiendo, yo he pasado por lo mismo. Me llamo Amanda Monds, me quedé viuda hace casi quince años. Le echo de menos como el primer día, pero he aprendido a vivir con ello.

Dámaris pensó que no quería vivir con la pérdida de Robert, que prefería reunirse con él cuanto antes.

—¿Se dirige a Londres?

Dámaris afirmó con la cabeza. Después sacó unos cascos, pero la anciana no pareció entender la indirecta.

—Voy a dar algunas charlas en la Convención de Keswick de invierno. Llevan años intentando que vaya, pero no he estado muy animada. Después viajaré a Berlín, París, Ámsterdam y Roma.

La anciana le sonrió.

—¿De qué habla en sus charlas? ¿Es predicadora?

—No, mi marido sí lo era, Robert McFarland.

—¿Su esposo era Robert McFarland? —le preguntó sorprendida.

—Yo soy una simple teóloga, llevo toda la vida estudiando los escritos del apóstol Juan.

—Creo que no me he presentado. Soy Grace Spuler.

Las dos mujeres se dieron la mano.

—¿Hablará del apóstol Juan en todas esas ciudades?

—No exactamente, me han invitado para hablar del libro del Apocalipsis, ya sabe, las circunstancias que llevaron a Juan a escribir el libro de las Revelaciones de Jesucristo.

La mujer se puso muy seria de repente.

—Creo que es muy oportuno.

—¿Por qué dice eso? —preguntó Dámaris.

—Las señales son evidentes: "Y oiréis de guerras y rumores de guerras; mirad que no os turbéis, porque es necesario que todo esto acontezca; pero aún no es el fin. Porque se levantará nación contra nación, y reino contra reino; y habrá pestes y hambres y terremotos en diferentes lugares. Y todo esto será principio de dolores".

—Siempre ha habido esas cosas —le comentó Dámaris. Ella creía en la segunda venida de Cristo, pero llevaba desde niña escuchando que era inminente. Después de dedicar su vida al estudio de los escritos del apóstol Juan y las diferentes maneras de interpretarlos, prefería ser muy prudente con esas cosas.

Grace sonrió a la mujer, no parecía molesta por su comentario.

—A veces tenemos que abrir unos ojos, que no son los físicos, ya me entiende. En este momento, el mundo está muy revuelto, las chispas saltan por todas partes, pero nunca antes la tecnología nos había controlado tanto. Yo no soy una experta en esas cosas, pero tengo la sensación de que estos aparatos nos controlan —dijo señalando su teléfono.

El avión comenzó a moverse, Dámaris dio un pequeño suspiro. No le gustaba volar a pesar de haberlo hecho desde niña.

Grace la miró y puso su mano sobre la suya.

—Tranquila, querida. No creo que hoy sea nuestro día.

—¿Por qué está tan segura? —le preguntó Dámaris sonriente.

—No se lo va a creer, pero mientras hablaba con usted sentí algo especial. Mi esposo siempre me decía que era un poco rara, pero yo creo que es un don de discernimiento.

Dámaris notó cómo el avión se elevaba y cerró los ojos haciendo una corta oración en su mente. Después se acordó de sus hijas. Las gemelas habían comenzado la universidad aquel año. Ambas estaban lejos de ella, pero siempre permanecían en su pensamiento. Eran lo único que le quedaba de Robert, sus ojos azules y su pelo rojo eran como los de su padre. Pensó en la mujer que le había tocado de compañera y después se dijo que aquel iba a ser un viaje extraño, de esos en los que era mejor estar preparada para cualquier cosa.

3

El capitán Hans

Auschwitz, 23 junio de 1943

En medio del caos de aquel sótano abarrotado de gente se escuchó una voz que sobresalía sobre el tumulto de gritos y sollozos. Alexander levantó la vista y vio a un hombre vestido con un impecable uniforme de las SS. Su pelo rubio y sus ojos azules le hacían parecer un querubín, aunque si Hans Klein hubiera sido un ángel, sin duda habría sido uno caído. Dos guardas le ayudaban a abrirse paso y justo cuando estuvo a unos pocos metros, el monje logró entender qué decía.

—¡Alexander Melnik!

Al principio no reconoció su nombre. Estaba demasiado aturdido y atemorizado por la situación, pero al final levantó la mano como lo hace un ahogado antes de perder sus últimas fuerzas.

—¡Allí! —gritó uno de los guardas, y a empujones llegaron hasta él. Le miraron de arriba abajo y le volvieron a preguntar.

—¿Es usted Alexander Melnik?

El monje afirmó con la cabeza. Tenía la lengua pegada al paladar por el miedo y la sed.

Buscaron las ropas más cercanas y se las dieron. No le quedaban bien, eran mucho más grandes, de un hombre más alto y corpulento, pero sintió alivio al notar de nuevo la tela sobre la piel.

Entonces, se aproximó Hans y le miró de arriba abajo.

—¿Eres el monje bibliotecario del Monasterio de las Cuevas de Kiev?

—Sí, señor.

—¡Sáquenlo de aquí de inmediato!

Los dos hombres le llevaron en volandas hasta fuera del sótano y al sentir el aire de la noche y el frescor del césped se despejó un poco. No sabía a dónde le llevaban, pero cualquier lugar era mejor que aquel infierno subterráneo. Los prisioneros le miraban asombrados, nada había salido nunca con vida de un crematorio. En ese momento, Alexander se acordó de la cita del profeta Ezequiel que tanto había recitado:

> La mano del Señor vino sobre mí, y su Espíritu me llevó y me colocó en medio de un valle que estaba lleno de huesos. Me hizo pasearme entre ellos, y pude observar que había muchísimos huesos en el valle, huesos que estaban completamente secos. Y me dijo: «Hijo de hombre, ¿podrán revivir estos huesos?». Y yo le contesté: «Señor omnipotente, tú lo sabes».
>
> Entonces me dijo: «Profetiza sobre estos huesos, y diles: "¡Huesos secos, escuchen la palabra del Señor! Así dice el Señor omnipotente a estos huesos: 'Yo les daré aliento de vida, y ustedes volverán a vivir. Les pondré tendones, haré que les salga carne, y los cubriré de piel; les daré aliento de vida, y así revivirán. Entonces sabrán que yo soy el Señor'"».

Le llevaron hasta un inmenso comedor vacío y le pusieron delante una sopa insípida, un trozo de pan negro y algo parecido a café. Lo devoró en unos instantes, al tiempo que miraba con los ojos desorbitados aquella inmensa estancia. ¿De dónde le había rescatado el Dios altísimo? Y, lo que era más importante, ¿por qué lo había salvado a él mientras dejaba morir a cientos de niños, mujeres y ancianos?

4

Londres

Aeropuerto Internacional de Heathrow, en la actualidad

No le gustaban las aduanas, siempre tenía la sensación de parecer una delincuente. Se acercó a la máquina para que le aceptara el pasaporte, pero comenzó a pitar. Una mujer corpulenta con cara de pocos amigos se aproximó a ella.

—Señora, ¿me enseña el pasaporte?

Dámaris se lo entregó sin rechistar. La mujer lo introdujo en el aparato, pero este volvió a rechazarlo.

—Pase por una de las cabinas, por favor.

Se puso detrás de otros pobres desgraciados a los que la tecnología les odiaba tanto como a ella y cuando le tocó su turno vio a un hombre de uniforme impecable y algo petulante, que le habló con marcado acento británico:

—¿Cuál es el motivo de su viaje?

—Tengo que dar unas charlas en un congreso cristiano.

El hombre frunció el ceño. Unos años antes, aquellas simples palabras hubieran sido suficiente garantía para que la dejase pasar, pero ahora eran susceptibles de un control más riguroso. El cristianismo en Gran Bretaña era minoritario y no dejaba de descender a un ritmo acelerado.

—¿No tienen suficiente con azuzar a los yanquis con sus fantasías religiosas? Este es un país civilizado.

Ahora era Dámaris la que frunció el ceño.

—Me imagino que todavía respetan la libertad religiosa. Tengo los papeles en regla, por lo que le pediría que terminase con este mero trámite.

El hombre selló el pasaporte y se lo entregó.

—Tenga cuidado, aquí las leyes sobre proselitismo son muy estrictas.

Dámaris le hizo caso omiso, guardó el pasaporte y caminó hasta el lugar de recepción de equipajes. Nadie le esperaba en el aeropuerto. Tenía que tomar un tren y después un autobús. No llegaría antes de que se hiciera de noche a su destino, pero a pesar de todo intentó ser optimista. Mandó unos mensajes a sus hijas para que supieran que había llegado bien y después intentó concentrarse para no ir en dirección contraria y acabar en cualquier lugar perdido alrededor de Londres.

Mientras tomaba el tren intentó leer un poco. Logró sentarse de casualidad. El vagón estaba abarrotado. Tras más de dos horas de trayecto, llegó a una localidad más pequeña y tomó el autobús. El viaje fue mucho más agradable, recorriendo la campiña inglesa, la misma que tantas veces había recreado C. S. Lewis en sus *Crónicas de Narnia* o Tolkien en su famosa saga de *El señor de los anillos*. Aquella Inglaterra ya no existía. La isla había cambiado mucho en los últimos años, pero las zonas rurales conservaban el sabor auténtico de los británicos.

El autobús la dejó a las puertas del centro de congresos y llamó a un portero automático. Ella había ido allí un día antes que los asistentes, para poder aclimatarse y adaptarse al horario. Los edificios eran majestuosos, viejos palacetes restaurados para convertirlos en un lugar de retiros.

Alice, una joven muy agradable, salió a recibirla y le ayudó con el equipaje.

—Muchas gracias, Alice.

—De nada —dijo con un acento muy distinto al del aeropuerto.

—¿De dónde eres?

—Neozelandesa, voy a estar un año ayudando como voluntaria.

Las dos mujeres se enfrascaron en una conversación hasta que la joven le enseñó su habitación.

—Esta noche solo somos el equipo del centro. Si quiere le pueden traer algo a la habitación.

—No, será un placer cenar con ustedes.

Dámaris deshizo el equipaje, colocó un pequeño retrato de Robert en la mesita de noche y se tumbó para descansar un poco.

No tardó mucho en quedarse profundamente dormida. Perdió enseguida la noción del tiempo y el espacio y se sumergió en un extraño sueño. Robert y ella viajaban a Turquía. Él le había regalado la estancia de una semana para visitar las siete iglesias mencionadas en el Apocalipsis, además de un corto crucero hasta la isla de Patmos. Dámaris se vio allí con Robert, pero mientras se dirigían a la isla se desató una gran tormenta. El yate no era muy grande y se sacudía como un viejo cascarón sobre las aguas ennegrecidas de Patmos. Lograron llegar hasta el pequeño puerto totalmente mareados y el capitán de la embarcación los animó a que se refugiasen en un café cercano. Hasta ese momento, el sueño era más bien un recuerdo, pero aconteció algo inesperado: un joven moreno se les acercó y les propuso guiarles por la isla.

—Está lloviendo a raudales —dijo Robert.

—Es la mejor manera de ver esta misteriosa isla donde Dios reveló el final de los tiempos. ¿No creen?

Dámaris, que nunca había sido muy aventurera, animó a su esposo a que comenzaran la visita. El chico tenía un motocarro, les acomodó en la parte trasera y los llevó por las empinadas carreteras hasta la famosa cueva en la que el apóstol Juan había tenido sus visiones.

—Hay una leyenda en el pueblo que cuenta que Juan, después de llevar algunas semanas encerrado en la isla tras un prolongado ayuno, se echó a dormir en la cueva. Fue en ese momento cuando se le apareció el mismo Jesucristo, la tierra tembló y el cielo se oscureció como hoy.

Aquella temible visión le hizo estremecerse cuando el motocarro se paró enfrente de la cueva. La fachada estaba encalada de blanco y sobre una sencilla puerta había dibujado un icono en el que se representaba al apóstol y a Cristo. Dentro no había nadie, olía a incienso y humedad mezclados. Las velas iluminaban la gruta. Los iconos del altar parecían mirarlos desconfiados.

—Voy a hacer unas fotos —le dijo Robert, que era muy aficionado a la fotografía. Dámaris se quedó atrás y comenzó a contemplar las inscripciones en griego. Era especialista en el griego koiné.

En ese momento sintió que alguien estaba a su espalda, se giró y vio a un hombre muy anciano que parecía vestir al modo árabe.

—¿Qué haces aquí? —le preguntó en griego. Ella sabía que los naturales de la isla hablaban turco y árabe, por lo que lo observó muy extrañada.

—Estoy visitando la cueva del Apocalipsis.

—No es esta la cueva. Está muy cerca, sígueme.

—Tengo que avisar a mi esposo.

—Sígueme.

El hombre salió de la cueva, seguía lloviendo. Dámaris lo siguió hasta una montaña cercana. El hombre quitó unas ramas y vieron una gruta muy estrecha en la que para entrar tenían que gatear unos metros, pero después se abría una gran galería.

—Aquí sucedió todo. En este lugar las puertas del cielo y del infierno se abrieron de par en par.

Dámaris miró el rostro del hombre, que parecía iluminado a pesar de la oscuridad.

—¿Quién eres?

En cuanto pronunció esas palabras el hombre desapareció. Ella se asustó, encendió la linterna de su teléfono e intentó salir, pero no encontraba la salida. Comenzó a sudar y palpar las paredes de la gruta, hasta que un pestilente olor le hizo girarse. Enfrente de sus ojos vio a un ser angelical, vestido de blanco y de gran belleza.

—¿Qué haces aquí?

Dámaris comenzó a temblar, miró al suelo y debajo de la larga túnica vio dos pezuñas. Cuando levantó la vista, aquel ángel se había convertido en un demonio. Comenzó a gritar y justo en ese momento se despertó.

Bajó a cenar todavía impresionada por la pesadilla, la mezcla de recuerdos reales y aquellas fantasías le hacían sentirse confundida. Echaba mucho de menos a Robert y su recuerdo la atormentaba, pero lo que no entendía era por qué ella se había acordado precisamente de aquel viaje. Lo achacó a su conversación con su compañera de vuelo, Grace, que le había estado hablando todo el rato del apocalipsis.

En el inmenso comedor únicamente había una mesa ocupada. Unas veinte personas habían comenzado a cenar y lo cierto es que no se veía muy apetitoso. Los ingleses no se caracterizaban por su alta cocina.

—Señora McFarland, soy Michel Green, el director del centro —dijo un hombre poniéndose en pie y dándole la mano. Era muy alto y de tez oscura, sus ojos negros brillaban en unas cuencas muy blancas.

—Gracias por su hospitalidad. Sé que los asistentes no llegarán hasta mañana por la tarde.

—Gracias a usted por venir desde Estados Unidos —le contestó mientras le invitaba a sentarse. Uno de los colaboradores le puso un caldo caliente, cosa que agradeció.

—Este lugar es increíble —dijo Dámaris con cierto entusiasmo.

—No ha visto lo mejor, mañana se lo enseñaré. La casa y las tierras las donó un rico magnate que se había hecho rico en las colonias de África. Tras su conversión, lo donó todo a la iglesia porque se sentía muy arrepentido de lo que había hecho. Desde entonces, este lugar ha sido un sitio de bendición para muchas generaciones, aunque este año tendremos que cerrarlo.

La mujer lo miró con sorpresa.

—¿Por qué? Es un lugar ideal.

—Las iglesias ya no pueden mantenerlo. Cada vez hay menos cristianos en Inglaterra y en toda Gran Bretaña. Hasta este año, el primer ministro ha prohibido a los funcionarios felicitar las Navidades. Ya ni la mitad de la población se confiesa cristiana.

—Es una pena —dijo Dámaris.

—Sí, pero es por nuestra culpa. Hemos dejado nuestra labor para dedicarnos a acumular riquezas y asentarnos bien en este mundo. Mientras que el cristianismo crece en África, en Asia y en América del Sur, aquí terminará por desaparecer. Perdone que le cuente estas cosas tan fúnebres.

—No se preocupe, la iglesia en mi país también está descendiendo, demasiada política y poca predicación y consagración. Somos como esa famosa iglesia de Apocalipsis, la de Laodicea.

—"Yo conozco tus obras, que ni eres frío ni caliente. ¡Ojalá fueses frío o caliente! Pero por cuanto eres tibio, y no frío ni caliente, te vomitaré de mi boca. Porque tú dices: Yo soy rico, y me he enriquecido, y de ninguna cosa tengo necesidad; y no sabes que tú eres un desventurado, miserable, pobre, ciego y desnudo" —recitó de memoria el hombre.

—¿Sabe por qué le dijo esto Juan a la iglesia?

El hombre negó con la cabeza.

—Laodicea era una iglesia compuesta por mucha gente rica, la mayoría gentil, aunque en sus inicios habían sido todos judíos. Domiciano obligó a todos los ciudadanos a que adoraran su imagen y los que se negaran a hacerlo no podían comprar ni vender. Muchos de los cristianos de esta iglesia se inclinaron ante la estatua del emperador y la adoraron para poder continuar con sus riquezas.

El hombre abrió mucho los ojos, nunca había escuchado esa reflexión.

—Por ello, Juan los llama tibios, ni fríos ni calientes, justo como somos ahora nosotros, más preocupados en lo material que en lo espiritual, mirando las cosas de la tierra y no las de arriba.

Michel encogió los hombros.

—Puede que logremos hacer lo que le pidió Jesucristo a esa iglesia —y comenzó a recitar de nuevo:

Por tanto, yo te aconsejo que de mí compres oro refinado en fuego, para que seas rico, y vestiduras blancas para vestirte, y que no se descubra la vergüenza de tu desnudez; y unge tus ojos con colirio, para que veas. Yo reprendo y castigo a todos los que amo; sé, pues, celoso, y arrepiéntete. He aquí, yo estoy a la puerta y llamo; si alguno oye mi voz y abre la puerta, entraré a él, y cenaré con él, y él conmigo. Al que venciere, le daré que se siente conmigo en mi trono, así como yo he vencido, y me he sentado con mi Padre en su trono. El que tiene oído, oiga lo que el Espíritu dice a las iglesias.

5

Camino a casa

Kiev, 25 de junio de 1943

Alexander miró por la ventana del tren. Era un vagón privado de las SS, nada que ver con el terrible tren que le había llevado a Polonia. Los sillones de terciopelo rojo contrastaban con una mesa de roble macizo y unas cortinas del mismo color con los bordes dorados. El capitán Hans no le había dirigido la palabra en todo el trayecto, miraba impaciente documentos y dosieres secretos. El monje logró ver que junto a las dos runas de las SS había un nombre que no había visto nunca: Ahnenerbe.

La Studiengesellschaft für Geistesurgeschichte, Deutsches Ahnenerbe o Sociedad para la Investigación y Enseñanza sobre la Herencia Ancestral Alemana había sido fundada en 1936 por Heinrich Himmler, el máximo líder de las SS, Hermann Wirth y Walter Darré con la intención de investigar el origen de la raza aria, pero también de descubrir cualquier tipo de fuerza o poder que se escapara a la razón humana. Los primeros hombres de la Ahnenerbe habían investigado el origen de los arios en el Tíbet y desde entonces sus investigadores habían recorrido América, África y la mayoría de los países de Europa.

—¿Qué mira? —preguntó secamente el oficial nazi y Alexander comenzó a temblar. Prefería no enfadar a aquel querubín infernal.

—Nada, lo lamento.

Alexander vestía unas ropas sencillas: un traje de tela barata, pero nuevo; unos zapatos usados, que sin duda eran de algún muerto; una corbata de seda, y un chaleco. Había podido ducharse y quitarse de encima el terrible olor a muerte de aquel lugar infernal del que le había sacado el capitán alemán.

—Se preguntará por qué le saqué de aquel sitio. Lo primero que quiero advertirle es que no puede hablar a nadie de aquel lugar. Es la primera persona que sale viva de Auschwitz.

—Soy una tumba.

—Lo segundo es que únicamente le informaré de lo que le concierna para que me ayude en mi investigación. Soy arqueólogo, especializado en el Nuevo Testamento, estudié en la Universidad de Frankfort y estaba a punto de hacer teología para convertirme en pastor luterano, cuando se cruzó en mi camino el Führer. Él es el único que me dio esperanzas, mientras el mundo de mis padres se derrumbaba a mi alrededor.

Alexander no se atrevió a decir una palabra.

—Le cuento todo esto para que entienda que en el fondo no somos tan distintos. Yo creo como usted que hay una fuerza superior, puede que se llame Dios o Ser Supremo. Adolf Hitler la denomina Providencia, que tiene el control de la humanidad y sabe el fin de esta.

Alexander seguía la explicación de aquel hombre, pero no sabía a dónde quería llegar.

—Mi jefe, Himmler y el Führer quieren saber qué les depararà el futuro.

—No comprendo —dijo Alexander que, aunque hablaba un perfecto alemán, no sabía qué quería decir realmente aquel hombre.

—Muy sencillo. El apóstol Juan escribió un libro, el libro de la Revelación de Jesucristo en la isla de Patmos.

—Correcto.

—Queremos tenerlo en nuestro poder.

—En cualquier casa alemana hay una Biblia —le comentó Alexander frunciendo el ceño.

El alemán soltó la pluma que tenía en la mano y puso las dos palmas sobre la mesa.

—No se haga el gracioso conmigo. Puede que nuestro equipo esté compuesto por doctores y científicos, pero con una simple orden mía acabarían con su vida en un instante o le torturarían hasta la muerte.

El monje se quedó pálido.

—Sabe perfectamente que el manuscrito del apóstol Juan salió de Éfeso cuando la iglesia estaba bajo persecución. Después fue llevado a Roma y allí se le perdió la pista.

Alexander sabía muy bien todo aquello. Llevaba años investigando el manuscrito de Juan.

—De alguna manera llegó a su monasterio hacia el año 1000. Lo trajo al reino Yaroslav I, el rey más sabio tras Salomón y les pidió a los monjes antonitas que lo guardasen.

—¿Por qué tiene tanto valor para ustedes?

—En las copias que se entregaron a las siete iglesias de Asia Menor no se incluyó un par de capítulos que describían fechas y datos exactos sobre el fin de los tiempos. Queremos que nos den el manuscrito. Lo hemos buscado por todo el monasterio, pero sin lograr encontrarlo.

Alexander miró a lo lejos el imponente monasterio de cúpulas doradas. Allí había pasado la mayor parte de su infancia y juventud. Era lo más parecido a un hogar, pero en el fondo deseó haber muerto en aquel lugar infernal. El secreto que portaba era tan importante que podía cambiar el futuro de la humanidad y prefería sacrificarse a que alguien como Hans y los nazis lo descubrieran.

6

Una mañana curiosa

Inglaterra, en la actualidad

Dámaris no durmió bien aquella noche. No era por el cambio horario, tampoco porque extrañaba su cama. Normalmente perdía el conocimiento en cuanto su cabeza se apoyaba en una almohada. Desde su salida de Estados Unidos, había tenido la extraña sensación de que algo malo iba a ocurrir. No solía ser muy intuitiva. Más bien era el tipo de persona que es la última en enterarse de las cosas, siempre centrada en sus libros e investigaciones, pero desde su llegada al Reino Unido estaba inquieta. Había escrito a sus hijas. Al parecer se encontraban bien, para ellas no era muy significativo que su madre se encontrara a unos cientos o unos miles de kilómetros. Únicamente las veía en el verano y las vacaciones escolares. Se vistió. Aquel día era de transición. Hasta la noche no llegarían los campistas y, al menos por lo que tenía entendido, estaba programada una velada para que la gente se fuera conociendo.

Se puso una ropa sencilla, unos jeans, una blusa de cuadros rosas y unas zapatillas deportivas, se colocó una chaqueta —en la campiña inglesa hacía aún mucho frío en aquella época del año—, salió del cuarto y recorrió el inmenso pasillo. Estaba todo tan vacío que le recordó un poco la película *El resplandor*.

Estaba llegando a las escaleras cuando se abrió una puerta de repente. No pudo evitar dar un respingo y ponerse la mano en el pecho.

—Siento haberle asustado —comentó una joven de poco más de veinticinco años con el pelo muy rojo y unos ojos verdes brillantes.

—No esperaba que hubiera nadie más en esta planta.

—Llegué anoche y no fui a la cena. Era demasiado tarde y estaba muy cansada. Me llamo Úrsula Sanders.

—Dámaris McFarland.

—¿Es la conferenciante? He leído sus libros. Me encanta la escatología y el final de los tiempos.

—No hay mucha gente de tu edad apasionada por estos temas.

La joven se encogió de hombros.

Bajaron por la larga escalinata de moqueta roja hasta el inmenso recibidor y después se dirigieron al comedor donde el encargado del centro las estaba esperando.

—Ya veo que se han encontrado en el pasillo. Úrsula es la hija del famoso predicador Sanders.

Dámaris recordó aquel apellido. El pastor Sanders tenía una de las iglesias más grandes de Estados Unidos en Los Ángeles, California. Siempre había sido muy controvertido por su línea legalista, acusando a todos los demás grupos y pastores de infieles y apóstatas. La chica sonrió y después se sentó para desayunar, la única comida algo apetitosa del lugar.

Dámaris comió con avidez las tortitas, las fresas y el zumo de naranja, se tomó un café solo y largo. Tras comer tanto parecía que veía las cosas con más optimismo.

—Ahora, si les parece bien, les enseñaré la finca.

—No me trate de usted, Michel.

—Como quieras.

Los tres salieron al amplio jardín. Al fondo se veía un bosque de hayas; frente a la casa, dos gigantescos nogales y, en la parte trasera, los setos que hacían formas versallescas.

—La mansión es algo pretenciosa. Ya les comenté que el dueño era un hombre muy rico que acumuló su fortuna gracias a la explotación de personas en África. Cuando se instaló de nuevo en Inglaterra, construyó la casa y trajo a sus cuatro hijas. Dicen que eran las más hermosas de toda la isla. Pretendía casarlas con los hombres más ricos e influyentes del país, pero aquel hombre escondía un oscuro secreto.

Las dos mujeres le miraron fascinadas mientras se acercaban a un pequeño edificio que parecía ser una capilla construida en piedra con tejado de pizarra.

—Aquel ilustre hombre, al que todos veían como un filántropo y religioso, había construido este edificio con oscuras intenciones. Todo el mundo decía que cuando el señor Hopkins llegó a Ciudad del Cabo era un simple carpintero de origen irlandés. Su esposa Alice trabajaba de costurera. Los dos abrieron un modesto negocio de comestibles en un barrio de africanos donde les cobraban precios exorbitantes por los productos, en especial los más básicos, pero aun así no lograban prosperar. Al parecer, el señor Hopkins, mientras regresaba una noche a su casa, vio unas hogueras y a varias personas bailando y haciendo extraños rituales. Se acercó hasta ellos y se quedó mirando hasta que una mujer con pinturas extrañas en la cara se le acercó y le dijo que podía pedir lo que quisiera a los dioses, que ellos se lo concederían con una condición, que le entregara su alma. Hopkins se sonrió, él no creía en esas supersticiones, ni siquiera iba como su esposa a la iglesia anglicana de la capital. El hombre aceptó y se introdujo en un círculo blanco que estaba trazado en la arena. El chamán comenzó a pintarle la cara, le quitó la chaqueta y la camisa. Después le hizo oler una sustancia y se sintió mareado. Para su sorpresa, vio una figura sobre el fuego. Tenía una forma extraña, medio animal y medio hombre. Esta figura le habló y le dijo: "Si me das a tu familia, te concederé todos los deseos de tu corazón". Hopkins levantó las manos y afirmó con un gesto. Se despertó a la mañana siguiente, estaba en su cama y le dolía mucho la cabeza. Pensó que todo se trataba de un sueño, pero no lo era.

Entraron en la capilla. Parecía la típica iglesia de campo británica, no estaba muy iluminada. La perezosa luz del cielo inglés apenas lograba atravesar las vidrieras.

—¿Notan algo extraño?

Las dos mujeres negaron con la cabeza.

—Miren bien el altar mayor.

Las dos mujeres voltearon. La composición de la vidriera era extraña, pero no veían nada misterioso.

—Miren desde aquí.

Las dos mujeres se pusieron en el centro de la sala. Podía verse de manera nítida una cruz invertida.

—El símbolo del anticristo —comentó el hombre, y las dos mujeres sintieron un escalofrío que les recorrió toda la espalda.

—No entiendo —dijo Dámaris a Michel.

—Hopkins vendió su alma al diablo aquella noche. Al principio no sintió nada, todo seguía igual, pero unos meses más tarde su pequeña tienda estaba produciendo mucho dinero y compró tierras e hizo plantaciones de algodón y caña de azúcar. Los trabajadores vivían como esclavos y nadie les pagaba. Cuando regresó a Inglaterra, construyó la mansión y la capilla. Y casi había olvidado su pacto cuando el diablo le vino a pedir lo que le había prometido. Toda su familia.

7

El Monasterio de las Cuevas de Kiev

Kiev, 25 de junio de 1943

El oficial de las SS, con cuatro hombres de escolta, introdujo al monje en el auto —un viejo Mercedes negro que había requisado a un rico judío— y después se dirigieron hasta el monasterio. Ascendieron por los bosques que rodeaban al complejo, no por la puerta principal que daba a una de las calles de la ciudad. El edificio había sido convertido en museo por los soviéticos. Ya no había culto oficial, pero los nazis habían reconvertido una parte en comisaría y centro de detención. Una pequeña parte estaba ocupada por los monjes, que se encontraban bajo la protección del patriarca ruso.

Alexander contempló la catedral de la Asunción, casi completamente en ruinas tras el saqueo y las explosiones posteriores, y se santiguó. El capitán Hans lo observó con desprecio. Odiaba toda aquella parafernalia cristiana.

—Ya me conozco bien el complejo, aquello era el viejo seminario.

—Está todo hecho una ruina. ¿Por qué lo dinamitaron? ¿No era suficiente con saquearlo?

El oficial de las SS se dio la vuelta y le dio una bofetada.

—Nosotros somos los amos de Ucrania. ¿Acaso prefieren a esos perros comunistas?

Alexander no respondió. Los soviéticos habían cometido aun peores crímenes con su pueblo, pero sin duda los nazis manifestaban una actitud incluso más diabólica que los bolcheviques. En el fondo, tras el final de la guerra planeaban quedarse con todo el país y tratar a los ucranianos como esclavos.

El capitán mostró algo de humanidad ante aquellas palabras. Como arqueólogo, era un amante del arte y no entendía por qué sus superiores habían ordenado la demolición.

—En todos los grupos hay bárbaros —le dijo en ucraniano.

El monje se sorprendió.

—Habla mi idioma.

—Sí, hablo unos diez idiomas diferentes, en especial griego koiné, hebreo, arameo, latín, inglés, ruso, ucraniano, italiano, francés y copto. Los necesito para mis investigaciones.

Entraron en la parte monástica, que parecía en buen estado. Todos los monjes habían huido de la ciudad unos meses antes, cuando los nazis descubrieron que ayudaban a niños judíos a esconderse de las deportaciones. Echaba de menos a la veintena de hermanos, algunos con casi noventa años, que habían tenido que huir, aunque se imaginaba que la mayoría habían sido capturados como él.

Pasaron por el viejo huerto y cruzaron hasta el claustro. Las palomas se habían adueñado del lugar. De allí subieron a la segunda planta y se acercaron hasta el *scriptorium*. Justo al lado estaba la biblioteca. No quedaban apenas ejemplares, solo algunos libros deslomados sin valor u hojas dispersas. Le entristeció ver todo así. Había cuidado esa biblioteca más de veinte años. Algunos de los libros que tenían eran de los más valiosos y antiguos de Ucrania.

—¡Quédense aquí! —ordenó el oficial a sus hombres, que se pusieron a ambos lados de la puerta. Entraron y cerraron por dentro.

—Hay cosas que son alto secreto y los miembros de las SS no pueden saber sin la debida autorización.

Alexander miró las mesas vacías, los estantes polvorientos y varias palomas caminando por el suelo de madera.

—¿Dónde está el libro?

—¿No ve lo que yo? ¡Se lo han llevado todo! —gritó el monje desesperado.

—No es cierto, sé perfectamente lo que tenían aquí. He repasado el inventario de los libros incunables y manuscritos incautados, y faltan los más valiosos. Llevo semanas buscando una entrada secreta, pero no lo he logrado.

El oficial sacó su pistola Luger y apuntó a la cabeza del monje.

—Le he salvado la vida de una muerte horrible, pero nada me impide acabar con ella.

—No temo a la muerte.

El capitán apuntó a una rodilla.

—Pero temerá al dolor. ¿No es cierto?

Alexander dio un paso atrás.

—Si se hace con el libro del apóstol Juan podría ser el comienzo del fin —le advirtió.

—Yo no creo en esas paparruchas supersticiosas. Me han ordenado hacerme con él y lo haré a toda costa.

El monje titubeó.

—Hagámoslo de otra manera. Hoy sale un tren para Polonia con dos mil judíos. Los pondré en la frontera de

Turquía si me dice dónde se encuentra ese dichoso manuscrito.

—¿Cómo puedo confiar en su palabra?

—Soy un oficial alemán, se lo juro por mis padres.

Alexander miró a la estantería de la esquina y después dijo:

—Está bien, puede que esté desatando el mayor desastre que han visto los siglos, pero qué más puede suceder además de esta funesta guerra.

8

Los pactos con el mal

Inglaterra, en la actualidad

Aquella mañana estaba siendo cuando menos inquietante. Las dos mujeres continuaban con Michel en la capilla, pero la tranquila visita a las instalaciones parecía que se estaba convirtiendo en un momento incómodo.

—Aquel hombre se negó a cumplir su promesa. Acudió al párroco de la zona para que le ayudase, pero al poco tiempo una de sus hijas se suicidó, otra contrajo una misteriosa enfermedad que la dejó postrada y la tercera escapó con un novio que su padre no aceptaba, y los dos murieron en un crucero que se hundió cuando se dirigía a América.

—¿Qué sucedió con la última?

—Se volvió loca y estuvo encerrada cuarenta años en la planta en la que se aloja. Aquel hombre, intentando purgar todos sus pecados, donó todos sus bienes y se suicidó.

—¡Qué historia más terrible! —exclamó Úrsula—, aunque yo no creo en todas esas cosas. Muchas de las enseñanzas de la Biblia son simbólicas, no deben tomarse al pie de la letra. Mi padre está cansado de enseñarlo en la iglesia. No nos tomarán en serio mientras sigamos hablando de demonios, pecados, resurrección y todas esas cosas.

—Pensé que le interesaba la escatología —le dijo extrañada Dámaris.

—Así es. Para mí, nos muestra el futuro, el reino de Dios en la tierra, pero todo eso del anticristo, la gran tribulación, el Armagedón y la marca de la bestia me parece más un mal argumento para una película de serie B de ciencia ficción. ¿No creerá en esas bobadas en pleno siglo XXI?

Dámaris miró a la joven y terminó por sonreír.

—Bueno, sí creo esas cosas, como también espero la segunda venida de Cristo. Hay muchas señales que se están cumpliendo…

—Querida Dámaris, deja eso para la conferencia de mañana. Ahora será mejor que regresemos a la casa, tengo algunas cosas que arreglar.

Estaban saliendo de la capilla cuando sonó el teléfono de Dámaris. El número no le era conocido y dudó un momento. Al parecer, la llamada provenía de Ucrania.

—Perdón, ahora les alcanzo.

—Damaris McFarland, soy Jack Santana.

—¿Jack?

—Nos conocimos en una conferencia hace unos cuatro años en Berlín. Puede que no se acuerde. Soy un especialista de la Universidad Bautista de Buenos Aires. Llevo un año en Ucrania. Me dieron una beca para investigar unos antiguos manuscritos griegos que se encuentran en el Museo de Historia de Ucrania. He encontrado algo… No puedo decírselo por teléfono, pero creo que es importante. Me gustaría que me ayudase a examinarlo.

—Mándeme una fotografía.

—No, tiene que venir a Ucrania.

La mujer no sabía qué responder.

—Estoy en Inglaterra para dar una conferencia. La semana que viene tengo otra en Berlín y después…

—No le tomará más de un par de días, se lo prometo. El próximo vuelo para Kiev sale de Londres mañana por la tarde. ¿A qué hora tiene su conferencia?

—Es por la mañana.

—Perfecto, pues venga, se lo suplico. Le mando un correo electrónico con el hotel que he reservado para usted y otros detalles. Iré a recogerla al aeropuerto.

—Bueno…

—Gracias, estoy seguro de que no se arrepentirá.

—Espero, pero no estoy segura de que pueda ayudarlo mucho.

—Confíe en mí. Puede que estemos ante el mayor descubrimiento desde los Rollos del mar Muerto.

Dámaris se quedó callada, no sabía qué contestar.

—Nos vemos mañana por la noche en Kiev. Espero que tenga un excelente viaje.

Escuchó cómo el hombre colgaba y miró al aparato. Nunca había estado en Ucrania. Lo único que conocía del país eran las hambrunas provocadas por Stalin, la guerra por la península de Crimea y la explosión de Chernóbil.

La mujer se giró, miró de nuevo al altar mayor y notó que algo se movía en las sombras.

—¿Hay alguien ahí?

No hubo respuesta, pero sintió una presencia a su espalda y algo que la tocaba. Miró y no vio a nadie, pero el hombro le escocía. Se apartó la blusa y vio el moratón. Salió corriendo de la capilla y se dirigió a la casa. No dejaba de temblar y de pensar que aún alguna presencia extraña merodeaba por aquel terrible lugar, y estaba en lo cierto.

9

La velada

Inglaterra, en la actualidad

Dámaris logró tranquilizarse un poco, pero cuando se vio el arañazo en el hombro frente al espejo no pudo negar la evidencia. ¿Qué le había atacado? Se preguntó mientras se vestía para la velada. Había escuchado que los demonios, aun cuando no tenía forma corpórea, eran capaces de dañar a las personas, pero ese no era el tipo de cosas que le sucedían a una buena bautista del sur de Estados Unidos. Terminó de pintarse. No había querido arreglarse demasiado, pero llevaba una falda larga, una blusa de seda a juego y se había hecho un recogido con su pelo rubio que cada vez tenía más canas.

En cuanto llegó al auditorio, comprobó que aquel lugar había sufrido una gran transformación, centenares de personas iban de un sitio a otro y una larga fila esperaba para completar su inscripción.

—¿Señora McFarland? —le preguntó alguien a su espalda.

—Soy el pastor Timothy McDonald.

—Encantada —le contestó dándole la mano.

—Gracias por venir de tan lejos para una sola conferencia, pero hay una verdadera necesidad de explicar bien el libro de Apocalipsis. Ahora, entre las redes sociales y las teorías conspiratorias hay más confusión que certeza sobre este tema.

—Bueno, espero ser de utilidad. Intentaré dar todas las posturas, pero me temo que en un par de horas no resolveremos gran cosa.

—Bueno, usted es una especialista en el texto griego del Apocalipsis y en las condiciones en las que fue escrito. Esa parte es una de las más interesantes. Por la tarde estará el doctor Walter Godwin, que se centrará en las profecías y las interpretaciones.

—Lamento no poder quedarme a escucharlo, tengo que viajar a Ucrania mañana por la tarde.

El pastor frunció el ceño.

—¿A Ucrania? Pensé que se quedaba unos días más con nosotros y después viajaba a Berlín.

—Bueno, tengo algo urgente que hacer en Kiev, pero me tomará un par de días nada más. Es un pequeño desvío de mis planes originales.

—Ucrania es un lugar peligroso, toda la frontera con Rusia se encuentra en guerra y…

—Algo he oído, pero es un asunto de trabajo. No me acercaré a la frontera, se lo aseguro.

—Está bien, al menos disfrute de la velada. Habrá un corto mensaje después de las canciones y algunos juegos para que la gente interactúe.

Dámaris vio de lejos a Úrsula Sanders y la saludó con la mano. Esta se acercó y se sentaron juntas.

—Me pasó algo extraño en la capilla. Noté una presencia y algo me agarró por la espalda y me dejó esta señal.

La mujer le mostró el hombro y Úrsula la miró sorprendida.

—¿No se habrá dado con algo?

—No, noté que alguien me tocaba el hombro y me ardía.

Comenzó la reunión y todos empezaron a cantar. Era una iglesia con una alabanza bastante animada y tras unas cuatro canciones todos se sentaron y el pastor comenzó a hablar.

—Queridos hermanos, estamos aquí en estos días para recuperar la visión. Hemos atravesado tiempos difíciles. Después de varios años creciendo, una parte de la congregación se marchó. No querían que continuásemos con nuestras viejas y retrógradas ideas. Pero nosotros no tenemos ideas retrógradas y viejas, a no ser que creer en el matrimonio, la familia, el nuevo nacimiento, el bautismo y el discipulado sean viejas ideas. Muchas iglesias se están convirtiendo en grandes clubes sociales o centros de beneficencia, y está bien, pero la iglesia es mucho más que una organización benéfica. Muchas iglesias y denominaciones enteras se están adaptando a este mundo y nos critican por no hacer lo mismo, pero como nos dijo nuestro maestro: "Mi Reino no es de este mundo [...] Si a mí me han perseguido, también a vosotros os perseguirán".

La gente comenzó a aplaudir.

—En Inglaterra no se puede ya ni felicitar la Navidad. Nos quieren arrinconar en las iglesias para después prohibirnos hasta predicar el Evangelio, pero eso no debe extrañarnos. Hay millones de hermanos en todo el mundo que no pueden predicar libremente la Palabra de Dios. Jesús nos advirtió que, en los últimos tiempos, el amor de muchos se enfriará. Leamos lo que el mismo Jesús profetizó en Mateo 24:

> Cuando Jesús salió del templo y se iba, se acercaron sus discípulos para mostrarle los edificios del templo. Respondiendo él, les dijo: ¿Veis todo esto? De cierto os digo, que no quedará aquí piedra sobre piedra, que no sea derribada.
>
> Y estando él sentado en el monte de los Olivos, los discípulos se le acercaron aparte, diciendo: Dinos, ¿cuándo serán estas cosas, y qué señal habrá de tu venida, y del fin del siglo? Respondiendo Jesús, les dijo: Mirad que nadie os engañe. Porque vendrán muchos en mi nombre, diciendo: Yo soy el Cristo; y a muchos engañarán. Y oiréis de guerras y rumores de guerras; mirad que no os turbéis, porque es necesario que todo esto acontezca; pero aún no es el fin. Porque se levantará nación contra nación, y reino contra reino; y habrá pestes, y hambres, y terremotos en diferentes lugares. Y todo esto será principio de dolores.
>
> Entonces os entregarán a tribulación, y os matarán, y seréis aborrecidos de todas las gentes por causa de mi nombre. Muchos tropezarán entonces, y se entregarán unos a otros, y unos a otros se aborrecerán. Y muchos falsos profetas se levantarán, y engañarán a muchos; y por haberse multiplicado la maldad, el amor de muchos se enfriará. Mas el que persevere hasta el fin, éste será salvo. Y será predicado este evangelio del reino en todo el mundo, para testimonio a todas las naciones; y entonces vendrá el fin.
>
> Por tanto, cuando veáis en el lugar santo la abominación desoladora de que habló el profeta Daniel (el que lee, entienda), entonces los que estén en Judea, huyan a los

montes. El que esté en la azotea, no descienda para tomar algo de su casa; y el que esté en el campo, no vuelva atrás para tomar su capa. Mas ¡ay de las que estén encintas, y de las que críen en aquellos días! Orad, pues, que vuestra huida no sea en invierno ni en día de reposo; porque habrá entonces gran tribulación, cual no la ha habido desde el principio del mundo hasta ahora, ni la habrá. Y si aquellos días no fuesen acortados, nadie sería salvo; mas por causa de los escogidos, aquellos días serán acortados. Entonces, si alguno os dijere: Mirad, aquí está el Cristo, o mirad, allí está, no lo creáis. Porque se levantarán falsos Cristos, y falsos profetas, y harán grandes señales y prodigios, de tal manera que engañarán, si fuere posible, aun a los escogidos. Ya os lo he dicho antes. Así que, si os dijeren: Mirad, está en el desierto, no salgáis; o mirad, está en los aposentos, no lo creáis. Porque como el relámpago que sale del oriente y se muestra hasta el occidente, así será también la venida del Hijo del Hombre. Porque dondequiera que estuviere el cuerpo muerto, allí se juntarán las águilas.

—Jesús lo profetizó, primero la destrucción del Templo de Jerusalén en el año 70 por Tito y más tarde que muchos de los que le seguían se enfriarían, que vendrían falsos profetas y maestros. ¿No estamos viendo eso ahora? No escuchemos a los falsos profetas que llaman bueno a lo malo y malo a lo bueno. La iglesia en la actualidad se parece mucho a la de Laodicea, una iglesia próspera en un lugar muy rico. Muchos de los miembros vivían del comercio de telas, pero el emperador Domiciano prohibió a todos los súbditos de sus bastos territorios que compraran o vendieran si antes no rendían culto a su imagen. Como pasó en tiempo de Daniel, los cristianos de Laodicea se postraron ante el emperador y ¿qué les dijo el Espíritu Santo en Apocalipsis? Que les vomitaría de su boca. No nos aliemos con los poderes terrenales de este mundo. Nuestra lucha no es contra carne ni sangre, sino contra principados y potestades en los lugares celestes.

Mientras el pastor hablaba, Dámaris vio sobre él una estela blanca. Nunca le habían pasado cosa así. Se frotó los ojos por si los tenía cansados, pero al volver a abrirlos lo pudo ver todo con más claridad. Una estela blanca le rodeaba, pero a su alrededor unas estelas negras intentaban atacarlo.

Escuchó una voz en su mente que decía: "Te he quitado el velo para que contemples la lucha que se avecina".

—¿Te encuentras bien? —le preguntó Úrsula, que la veía muy inquieta.

—Sí, un poco nerviosa.

—Yo también. Este pastor no deja de decir cosas sin sentido. Pablo dijo que había que hacerse al griego, griego y al judío, judío para alcanzar a todos. No podemos seguir igual que en el siglo I o el XIX.

Dámaris no quería entablar una conversación sobre ese tema, pero estaba segura de que había visto algo que muy pocas personas podían contemplar, al mundo espiritual en plena acción.

—Mañana me voy a Kiev —le dijo a la joven.

—¿Para qué?

—Tengo que comprobar unos manuscritos.

—¿Podría ir con usted?

—No me trates más de usted. No creo que sea un viaje agradable. Además, el manuscrito es muy importante.

La joven se inclinó hacia la mujer.

—Me portaré bien, ni notará que estoy allí.

Damaris dudó por un momento. Después afirmó con la cabeza.

—Está bien, pero no podrás decir nada de lo que veas ni hacer fotos. ¿Entendido?

Terminó la reunión y Dámaris se acercó al pastor. No sabía si decirle lo que había contemplado.

—Me ha gustado mucho su predicación.

—Ahora hay juegos. ¿No se queda?

—No, mañana será un día muy largo, me temo. Quería comentarle esto, no es algo que me pase muy a menudo. De hecho, es la primera vez en mi vida. He visto algo a su alrededor, una especie de protección angelical, pero también fuerzas demoniacas que quieren atacarlo. Tenga cuidado.

El hombre la miró sorprendido.

—Mientras predicaba sentía mucha presión espiritual. Gracias por su comentario. Lo tomaré en cuenta.

Dámaris se dirigió a su habitación. El pasillo no estaba tan solitario como la noche anterior, pero en cuanto se puso cómoda comenzó a orar. Sabía que aquella era la única forma de enfrentar el mal y estaba dispuesta a hacerlo con todas las fuerzas que le diera el Espíritu Santo.

10

El pasadizo secreto

Kiev, 25 de junio de 1943

Alexander se aproximó a una de las estanterías, metió el brazo hasta el fondo, tanteó con los dedos una pequeña pieza de madera y sonó un resorte. Entonces empujó la estantería y esta se movió hacia dentro. Después, tomó una linterna y entró en la sala. No era muy grande, apenas de unos diez metros cuadrados. Tenía las paredes forradas con estanterías llenas con los manuscritos e incunables más importantes de Ucrania.

—Todo esto se creó hace siglos. Nuestro pueblo ha sufrido tantas invasiones y desgracias, que la única forma de proteger nuestro patrimonio ha sido esta.

Hans miró maravillado los lomos de piel curtida con aquellas letras de pan de oro.

—¡Es increíble! ¡Un verdadero deleite para un experto, podría pasarme aquí días y hasta semanas!

—Lo que busca está dentro de esa caja fuerte. Es demasiado valioso para que un incendio o la humedad lo destruyan.

El hombre se acercó y se agachó, pero naturalmente estaba cerrada.

—¿Tiene la contraseña?

—Esa es la mala noticia: el abad era el único que la sabía y lo mataron al principio de la guerra.

—No se preocupe, tenemos especialistas que saben cómo abrir estas cosas.

El monje frunció el ceño.

—¿Lo dice en serio? Los pergaminos podrían dañarse, tienen casi dos mil años. De hecho, es un verdadero milagro que hayan sobrevivido hasta hoy.

—Bueno, son gente muy cuidadosa.

—Hay otra manera —dijo el monje.

—¿Otra manera?

—El abad me dijo que, en caso de emergencia, el prior sabía la combinación.

—¿Dónde se encuentra el prior? —preguntó el capitán de las SS comenzando a ponerse nervioso.

—Cuando todos los monjes se dispersaron, cada uno regresó a su casa. Él era de un pequeño pueblo en Lugansk.

—¡Rayos! Esa ciudad fue ocupada por el Ejército Rojo hace unos meses, en febrero, según tengo entendido. Tendríamos que atravesar la frontera y encontrar a ese desgraciado religioso. ¡Será mejor que lo hagamos por las malas!

El oficial mandó llamar a uno de sus hombres, que se puso a examinar la caja fuerte.

—Es una Napoleón III, comenzó a fabricarse en los años veinte —comentó el soldado.

—¿La puede abrir?

—Bueno, hay dos maneras. Con una pequeña carga explosiva o intentando combinaciones hasta acertar, lo que nos puede llevar dos o tres días.

El capitán puso los brazos en jarras y dio un gran suspiro.

—Será mejor que usted y yo intentemos encontrar a ese prior. Creo que con mis nociones de ruso y un par de uniformes lograremos llegar hasta la ciudad.

Alexander no lo veía tan claro. Atravesar un frente de guerra no era buena idea. Lo más fácil sería que los dos acabaran muertos o hechos prisioneros como espías. Si algo le gustaba casi tan poco como el ejército nazi era el Ejército Rojo, pero sabía que nadie le iba a pedir su opinión.

11

Un vuelo peligroso

Camino de Kiev, en la actualidad

Úrsula y Dámaris consiguieron un par de asientos en el único vuelo que salía por la tarde hacia Ucrania. Al parecer, no era un destino muy popular desde la reciente guerra de Crimea. El avión parecía seguro a pesar de su estado de deterioro evidente.

—Solo he visto un avión peor que este: el de las aerolíneas cubanas —comentó Úrsula.

—¿Has estado en Cuba?

—Sí, la congregación de mi padre apoya varios proyectos en el país. Los cristianos no sufren persecución directa, pero están mal vistos y son discriminados. Muchos de los líderes terminan escapando del país. Una de las cosas que noté en cuanto pisé suelo cubano fue una especie de opresión. ¿Crees que hay naciones donde el mal gobierna de forma especial?

—No soy una especialista en el tema, pero según la Biblia sí hay ciertas fortalezas espirituales en muchas naciones, principados espirituales de maldad.

Úrsula parecía sorprendida. Jamás había escuchado hablar de ese tema.

—Hay un reino de las tinieblas que se opone al de Dios. Está gobernado por seres espirituales de maldad y domina territorios enteros, por eso no es extraño que te sucediera eso. En Cuba se ha perseguido a la gente desde hace más de sesenta años, pero, incluso antes, en la época del dictador Batista, era un lugar dominado por el juego, la prostitución y la brujería. Algo muy parecido le sucede a Ucrania, aunque en este caso, las cosas que han sucedido allí son mucho peores.

—No conozco casi nada de su historia.

—En Ucrania ha habido muchos pueblos a lo largo de su milenaria historia. Sármatas o más conocidos como escitas, onoguros, eslavos, polacos, magiares y mongoles. Estuvo dominada mucho tiempo por el imperio de Polonia, hasta que los cosacos lograron su independencia. Este pueblo ha sido siempre extremadamente fiero y cruel, casi tanto como los tártaros de Crimea. A finales del siglo XVIII, fue conquistada por los zares rusos, que desde siempre intentaron debilitar a sus pobladores autóctonos llevando a otros pueblos a la zona. Los cosacos intentaron en varias ocasiones escapar del dominio ruso, pero no lo lograron. Después fue escenario de la guerra turco-rusa de mediados del siglo XIX. La guerra de Crimea fue una de las más cruentas del siglo XIX. Los ucranianos lograron quitarse de encima la opresión del Imperio de Habsburgo y quedó una parte bajo el ducado de Varsovia.

—Es una historia increíble.

—Pero la cosa no quedó ahí. Aprovechando la Gran Guerra, los ucranianos intentaron quitarse el yugo de los rusos y los Habsburgo, pero la Revolución Rusa de 1917 les obligó de nuevo a entrar bajo su dominio y formar parte de la Unión Soviética. Tanto Lenin como Stalin utilizaron el hambre para someter al orgulloso pueblo ucraniano. Por eso, estos recibieron como héroes y libertadores a los nazis, ayudándoles en el exterminio de la población rusa y judía. Al final del periodo soviético, sufrieron el accidente nuclear más fuerte de la historia. En el año 1990 lograron la independencia por fin, pero pilotada en parte por los rusos. Hubo varios intentos de escapar de ese control ruso, como la Revolución Naranja, pero en el 2013 hubo una guerra contra Rusia, y los ucranianos perdieron el Dombás, después la península de Crimea, y la tensión sigue en aumento.

—Eso quiere decir que estamos a punto de aterrizar en un país al borde de un nuevo conflicto armado.

—Me temo que sí, Úrsula, pero intentaremos irnos antes de tres días, a lo sumo cuatro. Sería muy mala suerte que justo estallara una guerra total en el país.

12

El especialista

Kiev, Ucrania, en la actualidad

El viaje no se les hizo muy largo. A pesar del estado del avión, este aterrizó sin dificultad en el Aeropuerto Internacional de Boryspil. Llegaron hasta el lugar de recogida de equipajes y después salieron al recibidor. Un hombre sacudió la mano y Dámaris se quedó algo sorprendida. Recordaba a Jack Santana mucho más joven.

—¿Señora McFarland? —preguntó el hombre algo extrañado, sobre todo porque no esperaba que llegara acompañada por nadie.

—Esta joven es Úrsula Sander, una amiga que me ha acompañado en el viaje. Espero que eso no suponga un problema.

—No, claro, el alojamiento es gratuito. Los monjes del Monasterio de la Trinidad de San Jonás han sido muy amables y podremos quedarnos todos allí. La mayoría de los conventos y monasterios fueron destruidos por los nazis y los pocos que sobrevivieron los expropiaron los soviéticos. La vida en comunidad no es algo muy frecuente en Ucrania.

—Entiendo —dijo Dámaris mientras seguía al hombre hasta un auto destartalado y parqueado en doble fila.

—No es muy cómodo, pero tener un transporte en Kiev ya es un lujo. En los últimos años la situación ha empeorado en el país. El nuevo presidente hace lo que puede, pero este es uno de los países más corruptos del mundo.

El viejo Lada Niva tardó en arrancar y luego soltó un chorro de humo negro que formó una neblina en la parte trasera. Comenzó a moverse y después se adentró en la ciudad.

Kiev era un lugar hermoso, pero daba la sensación de haberse quedado anclada en el tiempo. Todavía podían verse por todas partes las heridas abiertas por la etapa soviética y un velo de melancolía parecía envolver a todos sus habitantes. El frío era abrumador y la calefacción del auto no funcionaba. Cuando llegaron a la entrada del convento, temblaban y habían dejado de sentir los dedos de los pies y las manos.

—Dentro estaremos mejor. También puedo ofrecerles un vodka, es la forma que tienen todos los eslavos de entrar en calor —comentó Jack mientras les ayudaba con las maletas.

—Me conformaría con un té muy caliente —dijo Dámaris.

—Yo también —añadió su amiga, que tenía la nariz roja y los labios morados.

Un monje llamado Fedir les enseñó sus celdas y después los acompañó a un pequeño salón. Era cierto que hacía más calor que en el exterior, pero tuvieron que pegarse a un gran radiador de hierro para calentarse las manos.

El monje regresó a los pocos minutos con un té y una bandeja con pastas. Era noche cerrada y a la calma del monasterio se unía la nula vida nocturna de la capital de Ucrania.

Mientras las dos mujeres entraban en calor, el hombre comenzó a contarles lo que habían descubierto.

—Llevo un año en Ucrania. Vine para hacer un inventario de la vieja biblioteca del Monasterio de las Cuevas. Una parte fue purgada por los rusos y otra por los nazis, pero aún hay muchos manuscritos valiosos. Una mañana, tras varias horas de intenso trabajo, vi una nota extraña, estaba dentro de un viejo códice y pertenecía a un monje, un antiguo bibliotecario, de hecho, el último que hubo antes de la invasión de los nazis. Su nombre era el hermano Alexander.

Las dos mujeres no dejaban de mirarle mientras el hombre sacaba su cuaderno de anotaciones.

—Al parecer, por lo que he investigado, el monje fue enviado a Polonia para ser eliminado, pero un capitán de las SS, Hans Klein, miembro de la Ahnenerbe…

—¿La Ahnenerbe? —preguntó Úrsula.

—Ya te explicaré lo que es —contestó Dámaris.

—Este hombre sacó al monje de un campo, lo trajo hasta Kiev y le pidió que buscara un manuscrito original. La copia del libro de las Revelaciones de Nuestro Señor Jesucristo.

—¿El Apocalipsis? ¿Se refiere al manuscrito original?

—El mismo —respondió el especialista a la joven.

—El manuscrito había llegado a Ucrania muchos siglos antes. Al parecer, había estado antes en Roma, en el Vaticano, hasta que por seguridad se envió a Constantinopla. Tras la caída de la ciudad se le perdió la pista. Algo menos de quinientos años después, lo descubrieron en el Monasterio de las Cuevas. Por eso le he pedido que viniera. Hace unos días encontré el manuscrito.

Las dos mujeres se quedaron paralizadas. Estaban ante el mayor descubrimiento arqueológico de la historia. Si el códice era el original, podía dar un vuelco a los estudios bíblicos sobre el Nuevo Testamento.

—¿Puedo verlo?

—No lo tengo aquí. Por seguridad, se encuentra en el museo, como le comenté, pero mañana iremos a verlo a primera hora. Si no les importa, los monjes nos están esperando para cenar.

Los tres se dirigieron al refectorio. Estaban hambrientos, pero la emoción de aquel descubrimiento les hacía sentirse tan emocionados, que apenas probaron nada de la adusta cena preparada por los monjes.

13

En tierra enemiga

Camino de Lugansk, 27 de junio de 1943

El oficial se arriesgó a entrar en territorio enemigo. Sabía que en cualquier momento Alexander podía traicionarlo, pero estaba dispuesto a hacer lo que fuera para hacerse con el manuscrito.

Intentaron circular por carreteras secundarias, se habían adueñado de un vehículo ruso y vestían uniformes del Ejército Rojo. Llegaron a un puesto de control situado en un puente. Los guardas vieron el auto con las enseñas de la Unión Soviética y lo dejaron pasar sin problema. Después lograron atravesar varios pueblos sin que nadie los detuviera y, tras diez horas de viaje, lograron llegar a las afueras del pequeño pueblo. La ciudad se encontraba a poco más de media hora, pero aquella aldea humilde, en parte destruida por los enfrentamientos de unos meses antes, parecía semiabandonada.

—Pregunte a ese lugareño —le ordenó el oficial nazi. El monje bajó la ventanilla y preguntó al hombre si conocía la casa del prior. La familia del monje había vivido allí durante generaciones. El anciano le señaló una gran casa próxima a la iglesia, a unos pocos metros de donde habían parado. Dejaron el auto y caminaron hasta la puerta. El oficial golpeo el pomo y unos minutos más tarde les abrió una ancianita toda vestida de negro.

—Señora Boyko, soy el hermano Alexander, estaba buscando a su hijo Vanko. Es muy importante que hablemos con él.

La mujer frunció el ceño como si no comprendiera lo que le estaba diciendo el monje.

—¿Está en casa su hijo? —preguntó el oficial nazi intentando disimular su acento. Como la mujer no respondía, le dio un empujón y entró en la casa. Después zarandeó a la mujer y antes de que pudiera darse cuenta escuchó un gatillo. Un anciano les apuntaba con una escopeta.

—¡Cuidado, viejo, no quiero que le haga daño a nadie! —gritó el capitán mientras se escondía detrás de la mujer y le apuntaba en la sien.

El hombre frunció el ceño, pero al final dejó el fusil en el suelo.

—¿Son alemanes? —preguntó extrañado el anciano.

—¿Dónde está su hijo?

—Los soviéticos le han detenido por ser un religioso. Resulta que escapa de ustedes y ahora son los rusos los que le quieren eliminar.

—¿Dónde se encuentra?

—¿Puedo fumar? —preguntó el anciano. Sacó un cigarrillo y lo encendió. Después les ofreció al capitán y Alexander. El monje lo tomó, necesitaba tranquilizarse un poco.

—Está en el cuartelillo del pueblo de al lado. Las tropas están más adelante, pero los rusos están depurando a la población que colaboró con los nazis. Un comisario del pueblo y media docena de sus hombres tienen a algunos en la vieja comisaría.

—Gracias por la información —dijo el nazi soltando a la anciana. Después levantó el arma y le pegó un tiro al hombre y acto seguido, a la mujer.

A Alexander se le cayó el cigarro de los labios.

—¿Por qué ha hecho eso?

—No puedo dejar cabos sueltos. En cuanto nos largáramos del pueblo irían con el cuento a los rusos. Es mejor así. Además, a estos dos viejos no les quedaba mucho, seguro que no hubieran logrado ni pasar el invierno.

El alemán le dio un empujón y salieron de la casa. Después se montaron en el transporte y en quince minutos se encontraban en el pueblo de al lado. Aparcaron a las afueras para no poner sobre aviso a los rusos y se dirigieron hasta un viejo edificio en el que había colgado una estrella roja pintada a mano. El oficial alemán sonrió, no entendía cómo aquel país estaba logrando resistir los ataques alemanes. La raza aria era muy superior a la eslava. Aquellos subhumanos eran como ratas, únicamente su número les hacía invencibles.

—Tome —dijo mientras le daba un arma al monje.

—¿Qué quiere que haga con esto?

—Sobrevivir. Yo no puedo matar a siete soldados, aunque sean unas ratas rojas.

Alexander tuvo la tentación de apuntar al alemán y terminar con todo aquello, pero acababa de ver de qué era capaz y no quería probar suerte. Además, ya sabía cómo se las gastaban los miembros del partido comunista.

El alemán hizo un gesto y le mandó a la parte de atrás. Después tocó a la puerta y le abrió un hombre medio borracho. Al ver su uniforme se cuadró. El oficial le disparó a boca jarro y entró en el edificio. En la cocina había otros dos sentados tomando vodka y les disparó antes de que se incorporasen. Había sido sencillo matar a aquellos tres, pero aún quedaban otros cuatro.

Dos soldados bajaron por las escaleras a toda prisa. Llevaban sus fusiles y se pusieron en el pasillo y comenzaron a disparar. Alexander, que había entrado por detrás, les disparó y los derribó antes de que pudieran reaccionar.

El alemán le sonrió desde el otro lado de la casa. Después hizo un gesto señalando arriba. Vieron cómo caía una granada y rebotaba en el suelo. Saltaron en dirección contraria y se taparon la cabeza. El estruendo sacudió la casa, se levantó una nube de polvo y les cayeron varios fragmentos de ladrillo y yeso. Acto seguido, los tres guardas que quedaban bajaron por las escaleras. El capitán les disparó desde el suelo y derribó a dos. Alexander hirió al que parecía ser el comisario.

Hans se acercó al comisario y se incorporó. Sangraba por la boca, su herida era mortal. En los ojos del ruso podía observarse una mezcla de desesperación y miedo.

—¿Dónde están los prisioneros?

El hombre señaló el sótano.

—¿Lo rematamos? Está sufriendo —dijo el monje.

—Que sufra, es una rata comunista.

Bajaron por las escaleras medio destrozadas al sótano. Hans encendió la linterna. Había una puerta de hierro, pero la llave se encontraba puesta en la cerradura. La abrió y escuchó un murmullo. Tanteó la pared y encendió el interruptor. Una veintena de personas se encontraban sentadas en el suelo.

Todos los miraron esbozando una sonrisa. Habían ido a salvarlos de una muerte casi segura.

—¿Vanko? ¿Está aquí Vanko?

Un hombre delgado con una larga barba se puso de pie. Parecía que el traje lleno de polvo le quedaba grande.

—Soy Vanko.

—Hermano prior —dijo Alexander sin poder evitar la alegría, aunque sabía que nadie se encontraba a salvo en las manos de Hans.

—Venga aquí.

El ucraniano subió por las escaleras, salió del sótano y el nazi cerró de nuevo la puerta.

—Hemos venido hasta aquí para que nos diga la contraseña de la caja fuerte. Apúntela aquí.

—No es tan sencillo, para abrirla…

—Apunte los números —dijo el alemán mientras le ponía su pistola en la sien.

El hombre los escribió y después le entregó el papel.

—Muy bien, muchas gracias. Ahora vuelva a entrar.

—¿No nos van a sacar de aquí?

—Cuando nos alejemos podrán salir.

El prior miró a su viejo hermano.

—Me alegro de que aún estés con vida, Alexander, pero ¿sabes lo que estás haciendo? Si ese manuscrito cae en malas manos…

El alemán abrió la puerta y empujó al prior. Después volvió a cerrar con llave. Se encendió un cigarrillo, tomó los papeles del despacho de arriba y los puso bajo la puerta y por la escalera de madera.

—¿Qué está haciendo?

—Ya le he comentado que no podemos dejar testigos.

Después lanzó una cerrilla al papel seco y este comenzó a arder. Cuando salieron de la casa, el fuego ya se había extendido por todas partes. Alexander estaba plenamente convencido de que estaba en manos del mismo diablo.

14

La noche

Kiev, en la actualidad

La cena fue ligera. Las dos mujeres dormían en dos celdas contiguas y se marcharon cada una a la suya, pero apenas Dámaris terminó de lavarse los dientes escuchó que Úrsula la llamaba.

—¿Podría quedarme contigo? No sé por qué, pero este lugar me da escalofríos.

—¿El convento?

—No, Kiev, Ucrania…

—La cama es muy grande, no te preocupes.

Las dos mujeres se sentaron y comenzaron a charlar.

—En Ucrania asesinaron a más de un millón de judíos, muchos de ellos a manos de los propios ucranianos. Los zares habían traído a la región a cientos de miles para repoblarla e intentar someter a tártaros y cosacos, pero lo único que consiguieron fue que el antisemitismo se convirtiera en una plaga en estas tierras. La retirada de los soviéticos durante la Segunda Guerra Mundial permitió que la población ucraniana se vengara de sus vecinos judíos, a los que consideraba colaboradores del Ejército Rojo. Miles se unieron a la llamada Milicia Popular de Ucrania e hicieron pogromos por todo el país. Eran la mano derecha de los Einsatzgruppen.

—¿Qué es eso?

—Los llamados grupos operativos de las SS. En principio, su misión era detener a los miembros del partido comunista, en especial a los comisarios, pero en realidad su misión era exterminar a comunistas y judíos. A veces, cuando llegaban a las poblaciones, los ucranianos ya habían hecho el trabajo sucio y asesinado a todos los vecinos judíos. En este país se ha derramado demasiada sangre. No creo que una nación pueda convertirse en maldita, pero si hubiera una, sin duda sería Ucrania. Creo que por eso te sientes así.

Las dos mujeres se dieron las buenas noches e intentaron descansar un poco. Úrsula se durmió enseguida, pero Dámaris no hacía más que dar vueltas en la cama. Al final decidió levantarse y buscar un vaso de agua en el baño que se encontraba en el pasillo.

Todo el edificio estaba a oscuras, pero una tenue claridad de las luces de emergencia le ayudó a llegar hasta el baño. Tomó el vaso y bebió. Lo llenó de nuevo y salió al pasillo. Mientras caminaba a su celda, sintió mucho frío, como si hubiera una ventana abierta. Miró a los lados, pero todo parecía en orden.

Estaba llegando a la puerta cuando sintió una presencia a su espalda. Se quedó quieta, paralizada por el temor.

—Vete de aquí —escuchó en un susurro— antes de que sea demasiado tarde, sino pagarán las consecuencias tú y tus hijas.

Sintió un escalofrío que le recorría toda la espalda y se giró, pero no había nadie. Entró en el cuarto y se puso de rodillas a orar. Sabía que se enfrentaba a algo mucho peor que simples fantasmas. Las fuerzas demoniacas parecían empeñadas en que no hiciera su trabajo.

Notó una gran paz en cuanto comenzó a orar, como si una fuerte carga se quitase de su espalda.

—¿Qué quieres de mí, Dios? Te lo he dado todo, hasta mi propio marido. No sé qué quieres de mí.

Sintió en su cabeza una voz que decía: "Estoy a tu lado, no temas. Yo te indicaré el camino".

15

El museo

Kiev, en la actualidad

Era la tercera noche que no descansaba bien. Sabía que en parte era por el cambio de horario y todo el estrés que había arrastrado en los últimos años, pero sin duda algo no estaba marchando bien en su mundo interior. Decidió levantarse muy pronto aquella mañana, a pesar de que apenas había descansado, y dirigirse a la capilla para orar. Se puso de rodillas y comenzó a concentrarse. En algunos momentos su cabeza parecía disiparse y regresar a los últimos días de la enfermedad de su esposo. Miles de personas en todo el mundo oraron por su restablecimiento. En su iglesia ayunaron e hicieron vigilias de oración, pero Dios pareció mostrarse indiferente a su sufrimiento. En el fondo, Dámaris sentía una mezcla de rabia y frustración. ¿Por qué Dios se había llevado tan pronto a su esposo? Era un hombre fiel, que le servía con pasión y que aún tenía muchas cosas buenas que hacer y disfrutar. No lograba hacerse a la idea y, aunque guardaba la esperanza de verle tras la muerte, por otro lado, aquello le robaba las pocas ganas que tenía de vivir.

—¡Dios mío, ayúdame! ¡No sé cómo lidiar con esto! —exclamó en medio del silencio de la mañana. Entonces, un monje que había entrado en la capilla se acercó hasta ella.

—¿Se encuentra bien? —le preguntó con un precario inglés.

—Sí, perdone, creía que estaba sola.

—No es molestia, a veces tenemos que derramar el corazón ante Dios. ¿Quiere confesarse?

—No soy católica ni ortodoxa —contestó Dámaris.

—Simplemente puede desahogarse. Le aseguro que no le administraré ningún sacramento, pero a veces necesitamos decir en alto lo que hay en nuestro corazón.

Dámaris le miró a los ojos. El hombre debía superar los sesenta años, tenía el pelo cano y una barba poblada con mechas rubias y canas.

—Bueno, he perdido a mi esposo, que era un conocido predicador. Ahora estoy sola y me pregunto por qué Dios ha tenido que llevárselo tan pronto.

—Bueno, esa pregunta ha sacudido el alma de millones de personas en todo el mundo. Nunca estamos preparados para una pérdida así. Creemos que la vida es un derecho y que, de alguna manera, Dios tiene que mantenernos en este mundo un largo número de días, pero él nunca nos ha prometido eso. Lo hemos dado por sentado. La muerte siempre es inoportuna y no quiero que piense que soy insensible a su dolor. Yo perdí hace mucho tiempo a mis padres y sentía un dolor inefable, pero el más duro fue perder a mi esposa.

La mujer le miró con extrañeza.

—Estuve muchos años casado antes de hacerme monje. Tras su fallecimiento tuve una crisis personal y me hice religioso.

—Entiendo.

—Pues a mí todavía me cuesta. Siempre me he preguntado por qué Dios me arrebató tan pronto a la persona que más quería en el mundo. En el fondo, sentía que me pertenecía y que Dios me la había robado. Me costó mucho entender que era suya y que me había permitido por un tiempo disfrutar de ella. Dios es el Señor del Universo, todo es suyo, nosotros también. Si tomásemos todo como provisional y viviésemos como meros administradores, no nos aferraríamos tanto a las cosas y a las personas.

Las palabras del hombre le infundieron algo de aliento, pero no le quitaron el desasosiego. Sentía una gran opresión sobre su alma.

—Aunque no es eso lo que le trajo esta mañana hasta aquí, ¿verdad?

La mujer no contestó. Su misión era secreta, al menos en lo que sabía, que no era mucho.

—Mi país no es un lugar fácil para estar cerca de Dios, hay tanta maldad acumulada. Esa fue una de las cosas que me animó. Me duele el sufrimiento de mi tierra. Tanto dolor, muerte y destrucción han dejado una profunda huella en el pueblo ucraniano, pero también tanta crueldad y venganza.

Dámaris miró al hombre, los ojos le brillaban y notaba cómo su voz entrecortada estaba a punto de romperse.

—La oración nos ayuda a estar en la brecha, frenando a las huestes del mal. Usted está sufriendo unos ataques muy fuertes, pero yo oraré por usted, si me lo permite.

—Claro, será un honor.

En ese momento llegaron Úrsula y Jack, que se extrañaron al verla hablar con el hombre. Después se fueron a desayunar y media hora más tarde se encontraban de camino al Museo Nacional de Historia de Ucrania.

—Bueno, el investigador que encontró el pergamino es un viejo amigo. Se llama Mykola Khvoyka y procede de una larga saga de arqueólogos. Su bisabuelo fue un importante investigador, una especie de héroe nacional. Fue el que diseño el Museo Nacional de Arte de Ucrania, la actual sede del museo.

Pararon el auto enfrente de la fachada neoclásica, un verdadero gusto para los sentidos. Ya no se construían edificios de aquel tipo. La función había robado su lugar a la belleza, convirtiendo al mundo en un lugar demasiado prosaico.

Los tres entraron al edificio, se dirigieron a las oficinas y despachos, para luego bajar hasta las tripas del edificio. Caminaron por un largo pasillo y entraron en una sala amplia, llena de estanterías, archivadores y dos mesas repletas de objetos.

El arqueólogo era un hombre más joven de lo que esperaban, de pelo negro y facciones fuertes. Parecía un tártaro vestido con ropas modernas.

—La doctora Dámaris McFarland y la señorita Úrsula Sanders, su asistente.

—Encantado, muchas gracias por acudir de forma tan presurosa.

—Fue providencial que tuviera programados varios viajes a Europa —contestó Dámaris.

—No creo en esas cosas, pero lo importantes es que estemos ante uno de los descubrimientos más importantes de los últimos siglos. El manuscrito del Apocalipsis, escrito por el mismo Juan, el apóstol de Jesús.

La mujer afirmó con la cabeza. El arqueólogo les pidió que se sentasen.

—Los papiros más antiguos que poseíamos eran del año 200 al 300, en especial del Papiro 1, que contiene un fragmento del Evangelio de Mateo y trata de los primeros versículos del capítulo 1. De unos doscientos años más están el Papiro 2 y 3, aunque los 4 y 5 son también del siglo III. Aunque el más antiguo de todos es el papiro 52, un breve fragmento del Evangelio de Juan que creemos que es del 125, apenas noventa años después de la muerte de Jesucristo. Nunca hemos tenido los originales y menos de un libro completo. Es casi un milagro.

El arqueólogo sonrió a la mujer.

—Eso sí se lo admito, cómo ha llegado hasta nosotros es un verdadero milagro. ¿Quieren verlo?

16

Kremlin

Moscú, en la actualidad

El suntuoso palacio de los zares tenía un origen milenario, pero hasta el siglo XIV no había sido construido en piedra. Una muralla separaba a la ciudad real del resto de Moscú, como sucedía con la Ciudad Secreta en Pekín. El poder en Rusia siempre había estado alejado del pueblo, como si sus gobernantes y el resto de la nación vivieran vidas paralelas destinadas a no encontrarse jamás. Ni en la época soviética, los miembros del Politburó se alejaron de aquella suntuosa ciudad de cúpulas de oro y edificios de fantasía. La última contribución al complejo era un horrible edificio de los años sesenta de líneas rectas y cristal. Aquella mañana se había celebrado en el edificio el último torneo mundial de ajedrez y el presidente de la Federación Rusa había asistido para ver la final y entrega de premios. Aquel hombre de rasgos corrientes, estatura media, aspecto anodino, vestido con un traje que no le favorecía a pesar de ser carísimo, caminó con paso discontinuo hasta el auto oficial y se dirigió hacia su residencia. Apenas salía de sus dominios, como si lo que sucediera al otro lado de los muros del Kremlin no le interesara demasiado. Su abuelo había sido cocinero de Lenin y Stalin. El presidente siempre había sido un niño solitario. No había llegado a conocer a sus hermanos mayores, y su madre, una trabajadora de una fábrica, intentó mimarlo todo lo que podía hacer una mujer soviética de los años cincuenta. Había sido un joven triste, serio y frío como un témpano. Tras estudiar alemán y Derecho, había sido alistado por la KGB, los servicios secretos soviéticos, sirviendo en Nueva Zelanda y Alemania. Tras la caída del Muro de Berlín, había regresado a la Unión Soviética y entrado en política en su ciudad natal. Después, había llegado a Moscú para ser subjefe del Estado Mayor Presidencial, luego director de los nuevos servicios secretos rusos y, más tarde, primer ministro bajo el anterior presidente.

El presidente llegó a su residencia y subió la escalinata hasta su despacho. Intentaba disimular cómo le temblaba el brazo derecho. Después, su secretario le informó del resto de la agenda del día, pero justo en aquel momento entró un hombre y el presidente ordenó a su secretario que los dejara a solas.

—Ha llegado el momento —comentó el hombre. El presidente parecía por primera vez incómodo, como si aquel hombre le amedrentase con su sola presencia.

—No estamos preparados —se atrevió a contestar.

—Le hemos dado los medios y ahora le pedimos que cumpla su palabra. Nosotros le pusimos donde está ahora y si quiere seguir por más tiempo, deberá actuar de inmediato.

El presidente se recostó en el respaldo. Parecía agotado, como si aquel hombre le absorbiera la energía.

—¡Fracasaremos! —se atrevió a exclamar.

—No le pedimos que gane, simplemente que ataque. El resto lo haremos nosotros.

—Pero...

—Ya sabe que si usted no está dispuesto, otros muchos lo estarán y nosotros también somos muy capaces de lanzarle por una ventana, envenenarlo o intoxicarlo.

El hombre, que en ningún momento se había sentado, se alejó del presidente y cerró la puerta. El presidente se quedó un rato mirando al vacío. Tenía informes que le advertían de la posible respuesta de Occidente a un ataque en Ucrania, pero sabía que no le quedaba otra alternativa: debía obedecer.

17

El texto sagrado

Kiev, en la actualidad

—Como ya sabrán —dijo el arqueólogo mientras se dirigían a la sala en la que guardaban los mejores tesoros del museo—, el manuscrito de las Revelaciones de Jesucristo o libro del Apocalipsis fue escrito por el apóstol Juan, uno de los doce discípulos, autor, además, de un evangelio y tres epístolas. El único que dudó en parte de su autoría fue Eusebio en el siglo IV, que dijo que Papias había comentado un siglo antes que el libro fue escrito por Juan el presbítero. La mayoría de los padres de la iglesia afirman que el verdadero autor es Juan, desde Justino Mártir en el siglo II, hasta Irenio, Clemente de Alejandría o Tertuliano. Muchos de los términos y expresiones del Apocalipsis son muy similares a otros escritos del apóstol.

—Aunque el estilo del libro de Apocalipsis es mucho más tosco, como si lo hubiera escrito alguien de cultura inferior —afirmó Jack.

—Eso puede deberse a que Juan no contó en esta ocasión con la ayuda de escribas expertos en griego. Tuvo que escribir el libro él solo en condiciones muy difíciles en la isla de Patmos —añadió Dámaris.

—¿En qué época fue escrito? —preguntó Úrsula, que hasta ese momento había permanecido en silencio.

—Sea cual sea la identidad del verdadero autor, el texto encontrado, según mis análisis, puede datarse entre finales del siglo I y los primeros años del siglo II. Juan quiso animar a los creyentes que estaban sufriendo unas terribles persecuciones por parte de los romanos. Juan ya había vivido las persecuciones en la época de Nerón, pero fueron aún más duras las de Domiciano de los años noventa del siglo I. El libro debió escribirse hacia el año 96.

Jack parecía no estar de acuerdo con su compañera.

—Algunos historiadores y teólogos piensan que el libro se escribió en la época de Nerón, que por eso es nombrado este como el Anticristo, ya que el famoso número de la bestia, 666, es el número de Nerón, que fue, asimismo, el sexto emperador tras Julio Cesar.

—La datación del documento parece indicar que la verdadera fecha de escritura es la de finales del siglo I —añadió Mykola.

—¿Podemos verlo? ¿Lo ha podido leer? ¿Hay muchas diferencias con el texto que conocemos?

El arqueólogo ucraniano esbozó una sonrisa. Después abrió una caja de seguridad y extrajo una caja alargada. Dentro había un cilindro metálico y antes de sacarlo les dijo:

—Es un documento muy valioso y delicado, ya saben las normas.

Todos se pusieron unos guantes y unas mascarillas. Parecían expectantes y deseosos de observar aquel documento inédito y tan influyente a lo largo de los siglos. Varias generaciones y culturas habían divagado sobre las verdades ocultas en el libro de las Revelaciones.

—No lo he leído entero, no soy un experto en el griego del Nuevo Testamento. Únicamente tiene dos días para examinarlo.

—Era el tiempo que pensaba quedarme en Ucrania, aunque ahora me pregunto si será suficiente.

—Tendrá que serlo, hay una orden del Ministerio de Cultura. Tenemos que trasladar los tesoros más valiosos del país hacia el este. Se teme que los rusos puedan atacarnos.

—Eso es una tontería —comentó Jack—, no creo que hagan algo así en un momento como este. La economía rusa se está recuperando de la pandemia.

—No conoce bien a los rusos, son capaces de cualquier cosa, se lo aseguro.

18

Misión sagrada

Moscú, en la actualidad

El director del SFB (Servicio Federal de Seguridad de Rusia) llamó a Nicolás Korolev. Este, además de ser uno de sus mejores agentes, era un experto en asuntos judíos y religiosos. El agente no tardó mucho en el largo pasillo en el suntuoso palacio del SFB en la Plaza Lubyanka, apenas a unos novecientos metros de la Plaza Roja. Todos los miembros del SFB llevaban traje y parecían más altos ejecutivos que agentes secretos. Sus cortes de pelo y cuerpos atléticos distaban mucho de los antiguos miembros de la KGB, personajes grises y mal encarados que daban pavor a los disidentes.

—Siéntese, Korolev, tengo una misión muy importante para usted.

El agente se había pasado los dos últimos años investigando a los Testigos de Jehová y otros disidentes religiosos que no parecían encajar en la nueva Rusia. Cualquier tipo de trabajo nuevo lo agradecería como si fuera un premio o un ascenso.

—Tiene que salir para Kiev de inmediato. Antes de veinticuatro horas debe obtener un documento muy valioso, que se encuentra en el Museo Nacional de Historia de Ucrania, y traerlo.

—¿Dos días? ¿Por qué tanta premura?

El director del SFB, que parecía más un alto ejecutivo de una multinacional, puso su sonrisa más irónica antes de contestar.

—¡Dentro de cuarenta y ocho horas invadiremos Ucrania! ¿Le ha quedado claro?

—¿Por qué no obtener el documento cuando lleguemos hasta la ciudad?

—Primero, porque no confío en el ministro de defensa ruso: ese zoquete no es capaz de acerar a una hormiga con un misil nuclear.

—Pero, si sus ataques en Siria y Libia han sido un éxito y también logró recuperar la península de Crimea.

El director arqueó las cejas. Aquellos comentarios le colmaban la paciencia.

—Una cosa es atacar a dos países desvalidos o robar un territorio con la mayoría de población rusa y otra es meterse con los ucranianos: esos cabrones ya nos han provocado en muchas ocasiones. Bueno, a lo que iba, quiero el documento en Moscú en cuarenta y ocho horas a más tardar.

—¿Se puede saber qué documento es, señor?

—Tiene todo aquí —dijo mientras le pasaba un dosier—, pero para que se haga una idea, es un libro que predice el futuro. Quien lo posea puede cambiar el mundo o el rumbo de la historia.

Nicolás tomó el dosier. Había estudiado en un colegio de jesuitas creado al poco tiempo de la caída del muro y había estado a punto de entrar en la Compañía, pero la muerte de su querida madre le había quitado la poca fe que le quedaba tras estudiar con los jesuitas.

—Si se refiere al libro del Apocalipsis, puede conseguir una copia en internet o en cualquier librería del mundo.

—No se haga el listillo. Estoy hablando del texto original que al parecer incluye algunas partes inéditas, con comentarios que podrían darnos las claves para el futuro.

El agente se puso de pie.

—Usted no lo entiende, es un peón más de la historia, pero en este momento se está jugando la partida más importante de la historia.

19

Palabra de Dios

Kiev, 1 de julio de 1943

Alexander se encontraba aterrorizado, aquella era la palabra justa. Hans parecía desatado como un pequeño diosecillo colérico, dispuesto a cualquier cosa por hacerse con el manuscrito. Él lo había ojeado un par de veces. Leía bien el griego, pero el prior y el abad le tenían prohibido sacarlo de su caja de seguridad. Al parecer, el manuscrito llevaba siglos entre los monjes y así debía permanecer. Era peligroso que cayera en malas manos. Ahora que los nazis estaban tras su pista, Alexander se preguntaba si no estarían en los últimos tiempos, aunque aún quedaban muchas señales antes de la consumación de los tiempos y la segunda venida de Cristo.

—¿En qué piensa? Imagino que se ha quedado un poco impactado por lo que he hecho. Creo que no entiende la envergadura de ese documento que posee. La muerte de unas pocas decenas de personas es intrascendente. Su religión le ha convencido de que todos los seres humanos son valiosos, que cada vida importa, pero no es cierto. Únicamente merecen sobrevivir los más fuertes, los demás son meros instrumentos.

El monje se encogió de hombros. Acababan de llegar al territorio dominado por los nazis y no estaba seguro si aquello le agradaba o desesperaba aún más.

—El libro de Juan describía el fin de los tiempos y el regreso del Mesías, pero no del Mesías judío que todos creen. Cristo no era judío, era ario. Muchos de los estudiosos del tema en Alemania lo tienen muy claro y sobre todo el Instituto para el Estudio y Eliminación de la Influencia Judía en la Vida de la Iglesia Alemana. Walter Grundmann es uno de los mayores defensores de estas ideas.

Alexander jamás había oído algo así Le parecía la mayor aberración que los nazis habían inventado.

El oficial alemán sonrió mientras se aproximaban a la ciudad. Dentro de poco tendría aquel valioso manuscrito entre sus manos.

—El Instituto se encuentra en Eisenach. Lo dirige Georg Bertram, el famoso teólogo especialista en el Nuevo Testamento. Él fue quien habló a la Ahnenerbe sobre el manuscrito del Apocalipsis. Bertram y otros están corrigiendo la Biblia y quitando todas las mentiras judías que los semitas han introducido en ella para confundir a los verdaderos cristianos.

Alexander vio las cúpulas que aún quedaban en pie de la catedral. Le dolía tanto que uno de los símbolos más importantes de su país se encontrase en aquella condición por la maldita guerra.

Bajaron del auto. Los hombres de Hans habían estado custodiando la caja de seguridad todo aquel tiempo. Temían que alguien se pudiera acercar para robarla.

—¿Alguna novedad?

—No, mi capitán. Nadie se ha acercado a la biblioteca.

—Perfecto.

El alemán sacó el papel en el que había apuntado la combinación. Esperaba que aquel cerdo no le hubiera mentido. Dio las vueltas a la ruleta, hasta que sonó un clic y la puerta se abrió. El alemán se giró y miró al monje.

—Ahora sí —comentó el alemán con una expresión en sus ojos, que dejó a Alexander sin aliento. Después tragó saliva y se dispuso a aceptar su suerte.

20

Palabras escritas

Kiev, en la actualidad

Dámaris sintió una mezcla de asombro y congoja al ver el manuscrito del apóstol Juan. Siempre había pensado que estaría en un papiro, tal vez porque la mayoría de los documentos que se había encontrado de la antigüedad estaban en ese material, pero era un pergamino enrollado, que de alguna manera milagrosa se había conservado muy bien. Únicamente le faltaban algunas esquinas y parecía manchado en algunas partes.

—¡Es increíble! —exclamó mientras lo desplegaba con cuidado. Después, con un señalador de goma, comenzó a leer:

—Ἀποκάλυψις Ἰησοῦ Χριστοῦ...

Después comenzó a traducir:

> La revelación de Jesucristo, que Dios le dio, para manifestar a sus siervos las cosas que deben suceder pronto; y la declaró enviándola por medio de su ángel a su siervo Juan, que ha dado testimonio de la palabra de Dios, y del testimonio de Jesucristo, y de todas las cosas que ha visto.

Bienaventurado el que lee, y los que oyen las palabras de esta profecía y guardan las cosas en ella escritas; porque el tiempo está cerca.

Juan, a las siete iglesias que están en Asia: Gracia y paz a vosotros, del que es y que era y que ha de venir, y de los siete espíritus que están delante de su trono; y de Jesucristo, el testigo fiel, el primogénito de los muertos, y el soberano de los reyes de la tierra. Al que nos amó y nos lavó de nuestros pecados con su sangre y nos hizo reyes y sacerdotes para Dios, su Padre; a él sea gloria e imperio por los siglos de los siglos. Amén. He aquí que viene con las nubes, y todo ojo le verá, y los que le traspasaron; y todos los linajes de la tierra harán lamentación por él. Sí, amén.

Yo soy el Alfa y la Omega, principio y fin, dice el Señor, el que es y que era y que ha de venir, el Todopoderoso.

—¡Dios mío!

—¿Qué sucede? —preguntó Jack algo preocupado.

Dámaris comenzó a llorar.

—Es exactamente igual... No hay ni una sola variación.

Úrsula citó el final del libro de memoria:

—"Yo testifico a todo aquel que oye las palabras de la profecía de este libro: Si alguno añadiere a estas cosas, Dios traerá sobre él las plagas que están escritas en este libro. Y si alguno quitare de las palabras del libro de esta profecía, Dios quitará su parte del libro de la vida, y de la santa ciudad y de las cosas que están escritas en este libro".

En ese momento sintieron como un viento fuerte y la puerta dio un fuerte portazo. Todos se giraron, pero no vieron a nadie.

—Les dejamos a las dos solas para que lo lean entero. Regresaremos a la hora de comer —comentó Jack.

—Me parece perfecto —contestó Dámaris, que parecía tan concentrada en la lectura del libro que ya nada podía apartarla de él.

Los dos hombres dejaron la sala y se alejaron. Dámaris se sumergió en el libro, como si se encontrara en la isla de Patmos en el siglo I y el propio Juan se lo estuviera susurrando al oído.

21

El Plan sagrado

Kiev, en la actualidad

Nicolás Korolev prefería trabajar solo, no le gustaba que nadie se inmiscuyera en su trabajo. Sabía que eso conllevaba sus riesgos, pero no soportaba a la gente. Sabía que era un defecto, pero desde niño había odiado la compañía de otro, tal vez porque lo habían criado como hijo único, siempre encerrado entre libros y sin demasiados amigos. No recordaba haber jugado nunca, siempre tumbado en la cama de su cuarto o sentado en el escritorio leyendo un buen libro.

No le gustaba Kiev. Como muchas antiguas capitales de la antigua Unión Soviética, le parecía una burda copia de Moscú. Por eso, como moscovita, aborrecía todo lo que se encontraba fuera de la capital, incluido San Petersburgo.

El agente había aterrizado en Kiev sin problema. A pesar de que las relaciones entre los dos países se encontraban muy mal desde hacía más de una década, no era extraño que cientos de empresarios de ambos países viajaran para seguir haciendo lucrativos negocios.

Pasó el control sin problema y luego se dirigió hasta el lugar de alquiler de vehículos. Se había cogido uno de alta gama. Al fin y al cabo, debía aparentar que era un ejecutivo de una multinacional. Se alojaba en el Gran Hotel Kyiv. Dejó las cosas en la *suite* y se dirigió al museo que todavía estaba abierto. Echó un vistazo a las medidas de seguridad, no parecían muy estrictas. Después miró la hora de cierre y calculó que le daría tiempo a cenar en el mejor restaurante de la ciudad antes de entrar en el edificio y llevarse el manuscrito.

Nicolás era un sibarita. No lo podía evitar, sobre todo cuando las facturas las pagaban otros. Pidió al metre el vino más caro de la carta y brindó para sí mismo diciendo:

—Por los dos años metido en los archivos de las sectas en Rusia. Ahora es mi momento.

Aquella noche acabó en el burdel más famosos de Kiev. No pudo cumplir su misión, pero aún le quedaba un día entero antes de tener que regresar a Moscú y sabía muy bien cómo aprovecharlo.

22

Poder

Kiev, julio de 1943

Si había algo que los nazis odiaban y adoraban al mismo tiempo era el poder. Adolf Hitler se había pasado su medio siglo largo de vida acariciando el poder, pero se le escapaba entre los dedos el auténtico. Por eso estaba obsesionado con que sus hombres buscasen por el mundo todos los símbolos de autoridad del mundo. Hans estaba a punto de tocar con sus manos uno de los libros sagrados escritos por el más amado de los apóstoles de Jesucristo.

El nazi sacó el estuche metálico y lo puso sobre la mesa. Sus hombres se aproximaron, pero el monje dio un paso atrás. Las pocas veces que había tenido el manuscrito entre las manos, había sentido un temor reverente, como si el mismo dedo de Dios hubiera escrito aquellas letras.

Hans abrió el cilindro y extrajo con sus guantes blancos el manuscrito. Sus ojos se iluminaron y comenzó a sonreír. Sus hombres le imitaron, aunque no entendían la trascendencia de aquel hallazgo.

—Trátelo con cuidado.

Hans hizo un gesto y dos de los hombres apartaron al monje y le tomaron por las muñecas.

—Ya no le necesito. Muchas gracias por llevarme hasta el manuscrito, sin su ayuda habría sido mucho más complicado.

—¿Qué hacemos con él, capitán?

—Mátenlo afuera, no quiero que se manche todo con su sangre. Este manuscrito es muy valioso.

Alexander intentó resistirse, pero al final se dio cuenta de que era inútil y comenzó a rezar en voz baja.

—Lo siento —le susurró uno de los soldados.

En ese justo momento escucharon un estruendo. El suelo se removió y se cayó parte del techo sobre ellos. Los cascotes aplastaron a los dos nazis, pero ni rozaron al monje. El hombre pensó en huir, pero prefirió entrar en la sala. Allí también se había destruido parte del techo. El capitán estaba atrapado y el resto de los soldados, muertos. Miró hacia el manuscrito, pero este se encontraba intacto, no tenía ni una mota de polvo. El monje lo enrolló con cuidado y lo guardó en el cilindro. Después salió corriendo del edificio y no paró hasta encontrarse a salvo.

23

Notas

Kiev, en la actualidad

Dámaris había tomado muchas notas. Al final había comido un sándwich rápido y continuado con su trabajo hasta la noche. Úrsula parecía más cansada que su amiga.

—Creo que deberíamos parar, llevas más de la mitad del libro.

La mujer levantó la mirada del manuscrito. Tenía los ojos rojos.

—Bueno, es que no puedo dejarlo, es tan fascinante. Ya he encontrado cinco anotaciones que no se encuentran en el Apocalipsis que todos conocemos.

—¿Cinco anotaciones?

—Ya sabes que en griego el significado puede cambiar notablemente según el orden de las palabras. Juan utilizó esta técnica en varias partes. No quería que cualquiera pudiera entender el mensaje secreto, aunque estoy segura de que Policarpo y otros de los líderes cristianos lo entendieron a la perfección. En ese momento se había desatado una gran persecución y los romanos les vigilaban muy de cerca.

También algunos judíos en Asia Menor les denunciaban ante las autoridades, por no hablar de falsos profetas y la secta de los nestorianos. Juan debía tener mucho cuidado.

—¿Qué ocultó en sus palabras?

—Algunos datos importantes, como el verdadero nombre del anticristo, cuándo se cumplirían las profecías y varias cosas más.

—Qué interesante. Entonces, ¿el libro revela cosas concisas sobre el anticristo y la segunda venida?

—Exacto, lo tengo todo en las notas. Ahora tendremos que trabajar en su significado. En muchos sentidos parece como si estuviéramos jugando con acertijos.

Escucharon en ese momento la puerta. Era Jack.

—Creo que deberían descansar un poco. Tengo todo listo.

El hombre guardó el manuscrito en su lugar e invitó a las mujeres a un restaurante cercano. Dámaris devoró cada plato. No había estado tan consciente del hambre que tenía hasta que dejó el manuscrito.

—¿Ha visto algo? ¿Es auténtico?

—Habría que hacer algunas pruebas adicionales, pero sin duda lo es.

—¡Esa es una estupenda noticia, brindemos! —exclamó Jack alzando su copa.

—También hay algunos mensajes peligrosos. Creo que deberíamos advertir a algunas de las iglesias más importantes.

Jack frunció el ceño.

—Hace mucho que dejé la Iglesia católica. Mejor dicho, fueron ellos los que me expulsaron. No pienso…

—Las iglesias tienen que saber cuándo serán los últimos tiempos para que estén preparadas.

—Todo eso son supersticiones. Yo no creo ni una palabra de lo que dice ese manuscrito. Son alucinaciones de un viejo loco que estaba en prisión.

—Juan no estaba loco —dijo algo molesta Dámaris.

—El apóstol habla de dragones de dos cabezas, monstruos de todo tipo. El Apocalipsis parece un libro de fantasía.

—Lo malo de esta fantasía es que algún día se hará real y el mundo no se encuentra preparado para ella —dijo Dámaris, que parecía haber perdido el apetito de repente.

24

Una mala noche

Kiev, en la actualidad

Dámaris regresó al monasterio emocionada. Úrsula se fue a dormir enseguida, pero ella prefirió quedarse un rato en la capilla. Le gustaba aquel silencio, el olor a velas y la cruz vacía del fondo.

—No somos dados a muchas imágenes —dijo el monje con el que había hablado por la mañana.

La mujer dio un respingo al escuchar su voz.

—¿La he asustado? Lo lamento.

—No se preocupe, ya me iba.

—¿Ha estado todo el día trabajando?

—Sí, tenía que leer unas cosas.

El hombre miró el cuaderno que sobresalía de su bolso.

—¿Cosas académicas?

—Más o menos, siempre ando buscando textos antiguos.

—Aquí tenemos algunos muy valiosos. No se lo comenté, pero soy el hermano bibliotecario.

—Qué interesante.

—Bueno, pasarse todo el día entre polvo y libros no lo es tanto, al menos cuando llevas ejerciendo veinte años. ¿Le gustaría ver nuestra biblioteca?

—Sería un placer.

A pesar de estar agotada, nunca se perdía la oportunidad de buscar en los anaqueles de una buena biblioteca.

El hombre abrió la puerta y la mujer entró en la habitación que aún estaba apagada. Al encenderla, los tomos de los volúmenes se iluminaron.

El monje le enseñó varios de los volúmenes, algunos muy raros y valiosos.

—Muchas gracias por enseñarme la biblioteca.

—No hay de qué. ¿Qué está investigando en el museo?

—Bueno, algunos documentos importantes.

—Veo que no confía en mí.

En ese momento, los ojos del monje brillaron extrañamente.

—Será mejor que me marche.

El hombre se puso delante de la puerta.

—Bueno, no quiero importunarle, señora McFarland.

—Nunca le he dicho mi nombre.

—Es usted una eminencia en el Nuevo Testamento.

Dámaris intentó abrir la puerta.

—Si me dice qué ha descubierto, puedo enseñarle los grandes tesoros de la antigüedad. Imagine la fama y reconocimiento que tendría.

—No, lo siento, me han pedido confidencialidad.

El hombre no se apartaba de la puerta, pero la mujer lo empujó. La luz se apagó de repente y el hombre simplemente desapareció. Al encender la luz, se encontraba completamente sola.

Corrió hacia su habitación temblando. Sentía una desazón tan grande que se acostó vestida. Comenzó a llorar casi sin sosiego, hasta que el cansancio comenzó a invadirla y se quedó completamente dormida.

Su sueño inquieto apenas la dejó descansar, como si algo atenazara su alma. Sabía que su trabajo era mucho más que la simple investigación de un manuscrito. Una gran batalla se estaba estableciendo en los cielos.

PARTE 2
GUERRA

25

Semillas

Kiev, en la actualidad

Nicolás Korolev se levantó con un fuerte dolor de cabeza. A ambos lados tenía a dos jóvenes prostitutas. Miró el reloj y se puso de pie. Eran las doce del mediodía y seguía sin hacerse con el manuscrito. Tomó su auto y en unos pocos minutos se encontraba enfrente de la fachada del museo. Su plan original había sido entrar de noche y adueñarse de él, pero quería tomar un *jet* privado a Bielorrusia, para que no le registraran el equipaje, y después un transporte del ejército ruso le llevaría hasta Moscú.

Nicolás entró en el museo después de pagar la entrada. Luego deambuló por las salas como un turista más hasta que vio la puerta que llevaba a los sótanos del edificio. Observó las cámaras y se dio cuenta de que no enfocaban a la puerta. Entró y caminó rápido hasta una sala para cambiarse. Forzó varias taquillas hasta encontrar un uniforme de ujier y se lo puso: le quedaba un poco pequeño, pero con ese atuendo pasaría desapercibido. Después comenzó a recorrer los pasillos hasta que vio la sección de Historia Antigua. Abrió la puerta y contempló un nuevo pasillo con varias puertas. Dos se encontraban cerradas, pero una que tenía un cristal estaba abierta. Miró y vio a dos mujeres examinando un documento. Pensó, por la descripción de su jefe, que aquella era la americana que había ido a examinar el texto.

Dámaris estaba concentrada. No le quedaba demasiado para terminar de leer el libro, pero su impaciencia se acrecentaba a medida que seguía leyendo. En su bloc de notas había puesto todas las diferencias con relación al texto tradicional y, cuando pudiera, se dedicaría a descifrar los enigmas que Juan había dejado por todo su libro.

Por la mañana, había preguntado a Jack por el monje bibliotecario del monasterio, pero este le había asegurado que no había ningún monje que se ocupara de la biblioteca. Si eso era verdad, únicamente había dos posibilidades: se estaba volviendo loca o aquel supuesto monje era una personificación del mismo diablo. Ambas cosas le aterraban, pero la segunda más que la primera.

—¿Estás bien? Desde esta mañana pareces nerviosa —le preguntó Úrsula.

—Bueno, me pasó algo extraño anoche, tuve una…

La puerta se abrió de repente y las dos mujeres se asustaron. Un hombre vestido de conserje entró en la habitación, se quedó mirándolas y después sacó un arma. En inglés, con acento ruso les dijo:

—Apártense del manuscrito, por favor.

Las dos mujeres levantaron las manos y se alejaron despacio de la mesa.

—No quiero hacerles daño.

El hombre se acercó, metió el rollo en la funda metálica sin dejar de apuntar.

En ese momento se escuchó un gran estruendo, las paredes temblaron. Algo de polvo cayó del techo y el hombre perdió el rollo, que se cayó al suelo. Intentó cogerlo, pero en ese momento Jack entró en la sala.

—¡Están bombardeando! —exclamó al ver a las mujeres—. ¿Quién diablos es este tipo?

El agente ruso le apuntó con el arma. Dámaris aprovechó para hacerse con el documento y salió corriendo. Le siguió a toda prisa Úrsula. Las dos mujeres salieron de la sala antes de una nueva sacudida. Parte del techo falso se derrumbó sobre los dos hombres, pero Jack logró escapar a tiempo. El ruso notó cómo un metal le hacía una herida profunda en el brazo derecho. Intentó abrir la puerta con el otro, pero estaba encerrado.

26

Una oportunidad

Kiev, julio de 1943

Conocía todos los escondrijos de la ciudad, también dónde ocultarse para que los nazis no le descubrieran, pero sabía que Hans no se daría por vencido. Quería recuperar el manuscrito como fuera. Lo único que podía hacer era esconderlo en un lugar en el que las SS no dieran con él. Era demasiado valioso y, sobre todo, peligroso.

Uno de sus amigos le facilitó un transporte hasta Uspensky, donde se encontraba el Monasterio de la Asunción, el más antiguo de la península de Crimea. Al parecer, el monasterio había sido construido por unos monjes bizantinos que habían escapado en el siglo VIII de Bizancio. Los religiosos habían excavado un monasterio en la misma cueva. Todo el mundo sentía una gran devoción por el monasterio, pero el zar ordenó que los cristianos de la región abandonaran la zona en el siglo XVIII. A pesar de todo, unos años más tarde, los monjes regresaron. La Revolución Rusa los puso de nuevo en peligro, pero en 1933 volvió a ocuparse por religiosos. Alexander conocía al abad. Habían coincidido unos años antes en una reunión.

El camino hasta Crimea no era sencillo. La península seguía en manos de los nazis. Era un lugar estratégico en el que se habían enfrentado muchos imperios, como el otomano y el ruso.

Alexander logró llegar hasta Stavky, el pequeño brazo de tierra que unía a la península con el continente. En esta zona apartada del país, los alemanes habían instalado a uno de sus mejores ejércitos y tenían una base naval importante.

El monje dejó el auto en la ciudad y decidió seguir caminando. Sabía que en cuanto intentara entrar a Crimea, lo detendrían. Un campesino le ofreció viajar en su carro.

—¿A dónde se dirige?

—Será mejor que no lo sepa, no quiero ponerlo en peligro.

El campesino se echó a reír.

—Soy demasiado viejo para asustarme. Estos ojos cansados han visto demasiadas cosas.

—Lo que sí le pido es que me esconda entre la paja cuando veamos el control.

—Los soldados suelen dejarme pasar sin problema, pero como esté el cabo de Múnich, ese hinca la horca y no para hasta que comprueba que no llevo a nadie escondido.

Aquel comentario le hizo ponerse algo nervioso, pero después se dijo que había que confiar en Dios.

En cuanto el carro se aproximó a Armiansk, el monje se ocultó entre la paja. El viejo cabo nazi estaba aquel día en el control y tomó la horca en sus manos mientras el campesino contenía el aliento. Cuatro veces rozó la cabeza y el cuerpo de Alexander, pero ninguna de ellas le toco ni hirió.

Alexander salió de entre la paja unos kilómetros más adelante. Sabía que acababa de vivir un milagro. De alguna manera, Dios le había salvado de una muerte segura. En el fondo, le había ayudado desde su salida de Auschwitz. A veces se preguntaba por qué él estaba vivo mientras millones morían. Lo desconocía, pero sin duda era por algún tipo de misión, de propósito, que le había preparado para su vida. Tocó el cilindro metálico bajo sus ropas y sintió como si ardiera. Después rezó y cuando estuvo enfrente del monasterio dio un profundo suspiro. Por fin se sentía a salvo.

27

Guerra

Kiev, en la actualidad

No se encontraban a salvo. En cuanto salieron del edificio, se dieron cuenta. Las sirenas pitaban con fuerza, la gente corría despavorida de un lado para otro. Úrsula y ella no sabían qué hacer, pero antes de que se alejaran más del edificio escucharon la voz de Jack.

—¡Al auto, rápido!

Las dos mujeres entraron en el viejo cacharro y el vehículo salió despavorido.

—¿A dónde vamos? ¿Qué sucede?

—Rusia ha declarado la guerra a Ucrania. Se veía venir, pero no tan pronto.

Dámaris abrió mucho los ojos, nunca había estado en un país en guerra. Debían salir de allí cuanto antes.

—Vamos al aeropuerto y tomemos el primer avión que salga del país —les pidió Úrsula con los ojos anegados por las lágrimas.

Jack tomó la autopista, pero a unos cinco kilómetros del aeropuerto se encontraron con un fabuloso atasco.

—Lo que imaginaba. La otra opción que tenemos es ir hacia el suroeste. Moldavia no se encuentra demasiado lejos.

—¿Llegaremos con este trasto? —preguntó incrédula Dámaris.

El hombre se encogió de hombros.

Mientras daban la vuelta y se dirigían hacia el suroeste, la mujer recordó al hombre que había intentado robarles el manuscrito.

—¿Quién era ese hombre?

—No lo sé, pero puede que fuera un agente extranjero. Puede que ruso o tal vez iraní o judío. ¡Quién sabe!

Durante algunos kilómetros, los tres permanecieron en silencio, pero cuando encontraron un nuevo atasco comenzaron a desesperarse.

—No hay salida. Creo que sería mejor ir a la embajada de Estados Unidos —comentó Úrsula.

—Esas cosas salen bien en las películas, pero no creo que el embajador pueda hacer nada por nosotros. Además de encontrarnos en medio de un conflicto, alguien nos sigue.

Las dos mujeres sabían que Jack tenía razón. La vida real no era como las películas. Debían llegar a Moldavia como fuera y desde allí en barco hasta Estambul. Una vez en Turquía, podrían irse a su país.

El hombre intentó tomar carreteras secundarias, pero en un pequeño pueblo llamado Monastyryshche el auto dejó de funcionar. El motor estaba echando humo.

Jack no intentó llamar a la grúa, sabía que no tenía remedio. Se acercaron andando al centro de la localidad. Allí vieron el monasterio que le daba nombre, una construcción pintada de blanco con tejados verdosos y dorados. El hombre llamó a la puerta. Estaba dispuesto a pedir auxilio a alguno de los hermanos.

—¡Es inútil!

La voz que escucharon a sus espaldas era de una mujer pequeña, toda vestida de negro y con un pañuelo del mismo color cubriendo su pelo gris.

—¿Por qué lo dice?

—No hay monjes desde antes de la Segunda Guerra Mundial. Los rusos cerraron casi todos los monasterios. Este logró reabrirse por un tiempo, pero al final el gobierno lo expropió. Ahora está restaurado, pero lo usan de sala de exposiciones.

—¿Dónde podemos alojarnos y buscar algún transporte para mañana?

—En este pueblo únicamente quedan cuatro viejas como yo, pero pueden quedarse en mi casa. Les pondré una sopa caliente. Está haciendo mucho frío y creo que nevará.

—Muchas gracias —le dijo Dámaris con una sonrisa.

—En cuanto al transporte, deberían ir hasta Tsybuliv. Allí hay un taxi y pasa un autobús al día para Kiev.

Los tres acompañaron a la mujer y caminaron diez minutos hasta una casa en medio del bosque. La mujer se quitó los zapatos en la entrada y todos la imitaron. Después se acercó a una gran estufa de leña y echó varios troncos.

—Ahora se avivará el fuego, pónganse cerca mientras caliento la sopa.

Los tres se pegaron a la estufa. Estaban helados. Unos minutos más tarde, la mujer puso un mantel de plástico en una mesa redonda, colocó cuatro platos, unas cucharas y unos vasos de cristal tan desgastados que parecían opacos.

Se sentaron alrededor de la mesa y comenzaron a comer. Tenían un poco de pan y al terminar unas tortillas francesas.

—Veo que tenían hambre. ¿Vienen de Kiev?

Jack le hablaba en su idioma, aunque la mujer podía entender inglés y lo parloteaba.

—Fui profesora del colegio y llevaba un programa de radio infantil. Hasta me licencié en Kiev hace mucho tiempo, cuando el mundo era muy diferente. Ahora parece que estamos regresando a aquella época de oscuridad. Mi familia era especial. Éramos luteranos. Algunos se establecieron en esta zona en época de los zares. No se fiaban de los tártaros ni de los cosacos. Siempre nos han visto como extranjeros y mataron a muchos de nosotros durante la guerra. Decían que éramos alemanes. Eso es lo malo de ser un paria, los alemanes nos mataban por ser ucranianos y estos por ser alemanes. ¿No les parece irónico?

Dámaris sentía el cilindro metálico en el costado. Parecía arder por momentos.

—Pero no quiero aburrirles con mis cuentos de vieja. Dentro de poco, me enterrarán con el resto de mi familia en una parte destinada para los herejes. Ni en el cementerio somos todos iguales. Soy la última luterana de la ciudad.

—Yo soy cristiana —le comentó Dámaris.

La mujer frunció los labios. Después dijo algo en alemán.

—*"Ein feste Burg ist unser Gott"*.

—Eso es parte del himno *Castillo fuerte es nuestro Dios*, de Martín Lutero —comentó Úrsula, que parecía restablecida tras la comida, aunque aún temblaba pensando en qué lío estaban metidos.

—Sí, señorita —dijo y entonces comenzó a recitar:

Castillo fuerte es nuestro Dios
Defensa y buen escudo
Con su poder nos librará
En este trance agudo
Con furia y con afán
Satán, acosará
Por armas deja ver
Su astucia y gran poder
Cual él no hay en la tierra
Nuestro valor es nada aquí
Con él todo es perdido
Mas por nosotros luchará
De Dios, el escogido
Es nuestro Rey Jesús
El que venció en la cruz
Señor y Salvador
Y siendo Él solo Dios
Él triunfa en la batalla
Aunque estén demonios mil
Prontos a devorarnos
No temeremos, porque Dios
Sabrá cómo ampararnos
Y muestra su vigor
Satán y su furor
Dañarnos no podrá
Pues condenado está
Por la Palabra Santa.

De repente se fue la luz. La mujer se levantó con destreza y encendió algunas velas.

—No se preocupen. Eso pasa mucho, pero me temo que ahora que ha comenzado la guerra tendremos que acostumbrarnos. De niña vi llegar a los nazis. Antes nos habían invadido los soviéticos, demasiadas guerras y dolor. Lo único que deseo es partir ya con los míos.

Jack dio un largo suspiro; estaba deseando salir de ese país.

—He sufrido tantos zarpazos de Satán y ahora que se acercan los tiempos del fin, lo único que deseo es regresar con los míos.

—¿Cree que estamos en los últimos tiempos? —preguntó Dámaris.

—Hasta un ciego lo vería.

Después comenzó a recitar del libro de Mateo:

> Y estando él sentado en el monte de los Olivos, los discípulos se le acercaron aparte, diciendo: Dinos, ¿cuándo serán estas cosas, y qué señal habrá de tu venida, y del fin del siglo? Respondiendo Jesús, les dijo: Mirad que nadie os engañe. Porque vendrán muchos en mi nombre, diciendo: Yo soy el Cristo; y a muchos engañarán. Y oiréis de guerras y rumores de guerras; mirad que no os turbéis, porque es necesario que todo esto acontezca; pero aún no es el fin. Porque se levantará nación contra nación, y reino contra reino; y habrá pestes, y hambres, y terremotos en diferentes lugares. Y todo esto será principio de dolores.
>
> Entonces os entregarán a tribulación, y os matarán, y seréis aborrecidos de todas las gentes por causa de mi nombre. Muchos tropezarán entonces, y se entregarán unos a otros, y unos a otros se aborrecerán. Y muchos falsos profetas se levantarán, y engañarán a muchos; y por haberse multiplicado la maldad, el amor de muchos se enfriará. Mas el que persevere hasta el fin, éste será salvo. Y será predicado este evangelio del reino en todo el mun-

do, para testimonio a todas las naciones; y entonces vendrá el fin.

—Admiro su memoria, no es normal con su edad, pero ese texto habla de la destrucción del Templo predicha por Jesús y que sucedió en el año 70, cuando Tito arrasó Jerusalén —comentó Jack algo cansado de la mujer.

La mujer le sonrió.

—Parte de la profecía se cumplió, pero no toda como dice en el libro de Mateo, capítulo 24, versos 29 al 31:

> E inmediatamente después de la tribulación de aquellos días, el sol se oscurecerá, y la luna no dará su resplandor, y las estrellas caerán del cielo, y las potencias de los cielos serán conmovidas. Entonces aparecerá la señal del Hijo del Hombre en el cielo; y entonces lamentarán todas las tribus de la tierra, y verán al Hijo del Hombre viniendo sobre las nubes del cielo, con poder y gran gloria. Y enviará sus ángeles con gran voz de trompeta, y juntarán a sus escogidos, de los cuatro vientos, desde un extremo del cielo hasta el otro.

—El que tenga oídos para oír, oiga —comentó la anciana antes de ponerse en pie. Después preparó una cama para las dos mujeres y al hombre le puso unas mantas en un viejo sofá.

Dámaris y Úrsula estaban congeladas. El calor del salón no había caldeado el cuarto y sentían que sus pies estaban a punto de congelarse.

—¿Crees que tiene razón esa mujer?

—El hombre lleva pensando milenios que el fin del mundo se acerca, pero ahora hay algunas señales que parecen confirmarlo y, lo que es más importante, la humanidad se encuentra en un callejón sin salida. No podemos seguir así, ¿no crees?

Úrsula no contestó a la pregunta. Cerró los ojos e intentó no pensar. Quería dormirse y volver a abrir los ojos al día siguiente. Ahora se conformaba con sobrevivir y regresar de una pieza a su casa.

28

Los hombres fuertes

Davos, en la actualidad

Sam Mark Epprecht entró en la sala de insonorización y miró al grupo de personas que estaban sentadas a la mesa. Eran la flor y nata de la sociedad, las mentes más brillantes del mundo, el trabajo de toda su vida.

—Ya saben que no he tenido una vida fácil. Viví en la Alemania nazi. Mi madre fue detenida por participar en la resistencia. Lo único que la salvó fue su nacionalidad suiza. Y mi padre, al final, nos llevó a todos a Suiza. He ejercido mi profesión en Zúrich y hace ya más de cincuenta años creé este foro con la intención de conducir a este mundo a un lugar mejor.

Todos asintieron con la cabeza.

—El mundo no puede seguir por el mismo camino. Ya el gran filósofo Aristóteles planteó que la única forma de crear una sociedad justa es que sea gobernada por los mejores, una aristocracia, pero no de ricos, un grupo selecto de mentes brillantes dispuestas a ofrecerse en el altar del conocimiento por toda la humanidad. Nosotros no queremos la abstinencia, pero sí la indulgencia. Creemos que los seres humanos representan la existencia vital, no un ente espiritual. Pensamos en la sabiduría inmaculada en lugar de las quimeras hipócritas de las morales judeo-cristianas. Tenemos bondad con quien lo merece y no ponemos jamás la otra mejilla. Somos responsables de nuestros actos. Somos seres animales, no espirituales, y buscamos la gratificación de la gente aquí y ahora, pero sobre todo somos la única solución que le queda al mundo. El capitalismo, tal y como lo entendíamos, ha muerto. Tenemos que resetearlo, producir un Gran Reinicio sobre el que construir los pilares económicos, las relaciones internacionales, para formar un sistema sostenible, igualitario, pensado para las personas. En definitiva, crear un mundo nuevo, un gobierno mundial eficiente, que frene el despilfarro y que sea regido por las mentes más brillantes. Uniremos a todas las religiones en una sola, con una voz, que una a la humanidad y no la divida. Tenemos hoy ante nosotros al hombre que lo hará posible: Jared Berkowitz, un joven prometedor.

Todos comenzaron a aplaudir y un hombre de algo más de treinta años, de pelo castaño y ojos negros, entró en la sala. La ovación continuó en pie hasta que el hombre levantó las manos y todos pudieron ver sus gemelos de oro.

—Queridos amigos. Estamos aquí para cambiar el mundo. No importa lo que este quiera. Nuestra misión y nuestro propósito es liderar un cambio global, para que la humanidad sea feliz por fin.

29

Localizador

Kiev, en la actualidad

Si algo sabía Nicolás Korolev era que las cosas nunca podían dejarse al azar. Dios siempre ganaba si uno jugaba a los dados. Por eso, mientras guardaba el rollo, metió dentro un localizador. Esperaba que su calor no afectase al manuscrito. Ahora sabía dónde se encontraban exactamente los que se lo habían quitado de las manos.

Logró salir del edificio y, mientras se dirigía a su auto, se dijo que habría sido irónico haber muerto por una bomba lanzada por los suyos. Después dejó el aparato en el salpicadero y pisó a fondo. El lugar no parecía encontrarse demasiado alejado, pero en cuanto se acercó a las salidas de la ciudad comprendió que la histeria se había adueñado de la población y las carreteras estaban colapsadas.

—¡Lo sabía, debí elegir otro tipo de auto! —exclamó furioso. Un deportivo no era el mejor vehículo para ir a campo traviesa. Miró a un lado y vio a un tipo en un Land Rover gigante. Se bajó y le llamó por la ventanilla. El hombre la bajó y miró con desdén al ruso.

—¿Qué le pasa, amigo? No ve que estamos todos igual.

Al lado del hombre estaba una mujer joven, mucho más joven que él.

El ruso sacó su arma y le pegó un tiro en la cabeza. Después hizo lo mismo con la mujer, que apenas tuvo tiempo de gritar. Abrió la puerta, tiró el cuerpo. Después hizo lo mismo con el de la acompañante, giró el auto y se dirigió campo a través hasta la carretera secundaria que le llevaría al encuentro de su objetivo.

Apenas había avanzado unos kilómetros, cuando recibió una llamada.

—¿Dónde diablos se encuentra?

—Estoy... intentando capturar el objetivo.

—Pensé que ya estaría en Bielorrusia.

—Yo también, pero a algún estúpido burócrata de Moscú se le ocurrió bombardear el museo. He sobrevivido de milagro. La americana se fue con el manuscrito, pero los tengo localizados. Parece que se dirigen hacia Moldavia.

Se hizo un silencio y se escuchó un carraspeo.

—No los detenga, queremos también a los especialistas. Le vamos a enviar ayuda.

—No necesito ayuda, me basto...

—Hay que sacar a varios civiles y a usted. Lo mejor es que lo hagan las fuerzas especiales. Tengo a un equipo del Regimiento 141, formado con los temidos soldados chechenos y bajo el mando de Ramzán Kadírov. Llegarán a la zona en menos de una hora en un helicóptero.

—Pero...

—Cumpla las órdenes y asegúrese de que esos salvajes no maten a los estudiosos. Los llevarán luego a la capital del Dombás y de allí directo a Moscú.

—Está bien, a sus órdenes.

El ruso colgó el teléfono y pisó el acelerador. El Regimiento 141 de chechenos era uno de los más temidos de la Federación Rusa. Su primer líder había sido Ajmat Kadírov, un tipo que fue criado por los extremistas musulmanes de su país y después enviado a la Universidad Islámica de Tashkent en Uzbekistán, pero que tras la primera guerra chechena se había pasado al bando ruso y se había convertido en el presidente de Chechenia. Tras su muerte en el 2004 por un atentado, su hijo Ramzán Kadírov era el nuevo líder del regimiento más temido del mundo.

Nicolás llegó justo a tiempo al pueblo, aparcó a las afueras de la ciudad y con una linterna hizo señales al helicóptero. Un grupo de diez soldados descendió del monstruo de acero, y el capitán Adam Ilyásov miró con desdén al agente.

—Yo mando el operativo, no pueden matar a nadie. ¿Entendido?

El capitán escupió en el suelo. Era un hombre corpulento con una larga barba rojiza.

—Yo solo obedezco órdenes de mis superiores y sé perfectamente cuáles son.

Nicolás miró a aquella mole humana y decidió que era mejor no discutir. Se limitó a tomar uno de los chalecos antibalas y seguir a los soldados chechenos hasta donde marcaba la señal.

30

Un hombre sabio

Bajchisarái, julio de 1943

La seguridad no existe, al menos la que pueden proporcionar unas murallas o un ejército. Ni los muros protegieron al joven Siddhartha de la muerte y el dolor que había fuera de su palacio y al salir de él intentó buscar, por medio de la meditación, la trascendencia. Alexander no creía que se pudiera evitar el sufrimiento. En el fondo, era tan inmanente a la vida que esta no podía explicarse sin él.

En cuanto entró al monasterio cueva, se dio cuenta de que, a diferencia de otros que había conocido, este era mucho más austero. El abad le recibió con un abrazo, le dio una túnica nueva y, tras asearse un poco, los monjes comieron con él.

La mayoría le observaba con curiosidad. Por eso, al final el abad se lo llevó a una de las salas de oración para que pudieran hablar allí con más tranquilidad.

—¿Qué es lo que te ha traído hasta aquí? La zona está gobernada por los nazis. Jamás he visto a hombres más crueles. Los soviéticos fueron muy duros y mataron a gente inocente, además de las hambrunas que produjeron, pero estos hombres de negro son diablos con rostro humano.

El monje sacó de debajo del hábito el rollo, lo abrió y lo puso en una mesa de madera tosca. El abad se quedó boquiabierto.

—Entonces es cierto, no es una leyenda —dijo fascinado y al leer las primeras palabras en griego se echó a llorar.

—Las palabras del apóstol amado.

—Aquí se encuentra el mensaje más importante del mundo. Todo está escrito. ¿Por qué lo ha traído hasta aquí?

—Los nazis quieren hacerse con él. Tenemos que esconderlo en algún lugar seguro, al menos hasta que la guerra termine.

El abad tomó el rollo y lo guardó. Después, miró la cruz tosca de madera y se acercó a ella, retiró la parte de arriba, metió el rollo y volvió a colocar el madero que había quitado.

—Antiguamente, se usaba para guardar papeles importantes del monasterio o dinero que los soviéticos nos quitaban —dijo sonriente el abad.

—Vivimos tiempos duros, no sé si alguno de nosotros sobrevivirá a todo esto.

El abad le invitó a dar un paseo y le comenzó a contar una historia.

—Un hombre de corazón duro y que robaba a los demás por medio de su oficio de recaudador de impuestos fue detenido por error y llevado a una cárcel en Roma. El hombre intentó sobornar a los carceleros, a los jueces y hasta al mismo emperador, ya que era inmensamente rico, pero nadie parecía aceptar sus sobornos. Le pusieron en la misma celda que un anciano encorvado y muy delgado. El pobre hombre estaba completamente ciego, su cuerpo estaba lleno de llagas y cicatrices. Parecía más un muerto que una persona viva. A pesar de todo su dolor y sufrimiento, aquel hombre siempre cantaba con alegría en un idioma que desconocía el recaudador de impuestos. A los dos días de estar allí, el romano le preguntó por qué estaba tan alegre si sabía que iba a morir. Este le respondió con una sonrisa que él no veía la muerte como algo malo. El romano extrañado se echó a reír. ¿A qué te dedicas, romano? Soy Cayo Gaius, el hombre recaudador de impuestos, y estoy aquí por un error. Cayo, ¿has engañado alguna vez a las personas con sus impuestos? ¿Quién no ha engañado alguna vez? ¿Has mentido o deseado mal a alguien? El romano miró al hombre con el ceño fruncido. ¿Quién no ha hecho eso alguna vez? Entonces eres culpable, todos lo somos. Nuestro gran pecado es querer gobernar nuestras vidas a nuestra manera, a pesar de que no sabemos. Yo sirvo a un Dios que te ama a pesar de ser imperfecto, pero que no quiere que sigas viviendo de una manera que te hace daño a ti y a los que te rodean. El romano se hubiera reído de aquel hombre, pero sus palabras brotaban de un corazón puro. Sus ojos ciegos aún expresaban un profundo amor. ¿Ese Dios te ha traído aquí? El anciano sonrió antes de contestar. Sí, me ha traído a este lugar de oscuridad. ¿No te parece mal? ¿Qué tipo de dios hace eso? Uno que te amaba a ti. Por eso permitió que me encarcelaran, para que tú recibieras la esperanza que no tienes. He dedicado toda mi vida a predicar su mensaje por el mundo. Podía haber muerto en mi lecho. Mis hermanos me tenían protegido de las persecuciones del emperador, pero recibí una visión. Dios me dijo que te meterían en la cárcel y vine para salvarte. El romano estaba paralizado por las palabras de aquel extraño. ¿Te metiste aquí pudiendo salvarte a ti mismo? No lo entiendo. El anciano miró al hombre y después extendió la mano. Fue por amor, querido Cayo. El romano comenzó a llorar. En ese momento se escucharon los pasos de los guardias. Entrega tu vida a Cristo antes de que sea demasiado tarde. El romano lo hizo entre lágrimas, y los soldados no tardaron en llevarse al anciano. Al día siguiente, liberaron al romano al descubrir que todo había sido un malentendido. Cuando preguntó al centurión quién era el hombre de su celda, este le contestó que un peligroso fanático llamado Pablo, al que seguían unos llamados cristianos. El hombre salió de la prisión, ofreció la mitad de su fortuna a los pobres y se hizo cristiano.

Alexander se quedó impresionado con aquella hermosa historia.

—Nuestro hermano Pablo se entregó por amor. Hasta en la prisión más oscura siempre hay confianza, querido Alexander.

31

Jared Berkowitz

Nueva York, en la actualidad

El increíble rascacielos de la Sexta Avenida se encontraba en el número 666. Aquellas eran el tipo de cosas que le hacían gracia a Jared, que para nada era supersticioso, a pesar de que la larga tradición de rabinos judíos ortodoxos de su familia sí le daba importancia a esas cosas. Su familia había llegado a Estados Unidos dos generaciones antes huyendo de la persecución de los judíos en Polonia. Su abuelo Daniel había escapado de un gueto en Bielorrusia. La familia se hizo rica vendiendo autos y, desde entonces, habían creado el mayor emporio de ventas de vehículos de Estados Unidos.

Jared llamó a su madre. Siempre le gustaba hablar un rato con ella antes de ponerse a trabajar.

—Madre, espero que estés bien, ya regresé de Suiza. El viaje no se me hizo muy pesado, pero la verdad es que estoy agotado. No he parado de trabajar en toda la semana.

—Hoy es el Sabbat, todos vendrán a casa.

—No creo que pueda, ya sabes que no soy muy practicante. Prefiero aprovechar el tiempo trabajando.

La madre no pudo evitar sentir un escalofrío.

—No puedes renegar del Dios de tus antepasados. Él nos cuidó y nos trajo con bien a este país.

—¿Cuántos murieron en el camino?

—La voluntad de Dios no es cosa que puedan discutir los hombres.

Jared no quería discutir con su madre. Intentó despedirse de ella y continuar con su trabajo. Había coqueteado con la política antes, pero desde que Mark Epprecht le había propuesto su plan, no podía pensar en otra cosa.

Jared se sentó en la silla de cuero y miró el dosier. No había nada en los ordenadores. Había espías en todos lados.

El joven ejecutivo se puso de nuevo en pie y miró por el gran ventanal hacia la calle. Nueva York se encontraba a sus pies. Después sintió, como otras veces, que las voces regresaban a su cabeza. Al principio se asustó, pero después se dejó llevar, cerró los ojos y escuchó un mensaje claro que decía: “Es hora de ir al desierto, hijo amado”.

32

El asalto

Monastyryshche, en la actualidad

Una vez más se sentía inquieta, no había pegado ojo. Cuando observó que había algunas luces en el exterior, sacudió a Úrsula y después se fueron hasta el salón. Jack dormía plácidamente.

—Creo que hay alguien fuera —le susurró al oído. El hombre se despertó sobresaltado.

—¿Qué?

—Nos han localizado.

—No puede ser. ¿Cómo?

Los tres se pusieron en pie y estaban dirigiéndose hacia la puerta cuando vieron a la anciana. Los tres se asustaron y se quedaron paralizados, sin saber qué hacer.

—Por ahí no. Desde la época de los nazis construimos algunos túneles que comunicaban nuestras bodegas con el monasterio. Todavía están abiertos. En el monasterio la puerta tiene un candado, pero con este martillo lo abrirán sin dificultad —dijo la mujer mientras les entregaba la herramienta.

La mujer los llevó hasta la cocina, movió la mesa y apartó la alfombra. Tiró de una trampilla y vieron unas escaleras que descendían.

—Al lado del monasterio hay un auto, es del repartidor de pan. Suele dejar las llaves en la guantera. Tómenlo, después llamen y digan su localización.

—No sabemos cómo agradecerle —dijo Dámaris a la mujer mientras apoyaba la mano en su hombro.

—Que Dios les bendiga. Creo que tienen algo importante que hacer y merece la pena que lo intenten.

Bajaron por las escaleras con las linternas de los móviles. Después abrieron una puerta y caminaron a toda prisa por el túnel.

La mujer volvió a dejar todo en su sitio y se acostó. Apenas unos segundos después, golpearon su puerta y los soldados entraron por todos lados. Al llegar al cuarto de la mujer, la apuntaron con sus láseres.

—¿Dónde están? —preguntó un hombre con acento ruso.

—¿A qué se refiere? —preguntó la mujer sin alterarse lo más mínimo.

—A las americanas.

La mujer se encogió de hombros. Nicolás miró el localizador. Se estaba moviendo hacia el norte.

—No están aquí —dijo a los soldados.

El capitán sacó su pistola y sin mediar palabra mató a la mujer.

—¡Vamos! Será mejor que los encontremos antes de que se alejen.

Mientras los soldados salían de la casa, los tres extranjeros habían llegado al monasterio, roto el candado y corrido hasta el callejón trasero. Allí vieron una furgoneta vieja

Renault. Jack buscó las llaves y la puso en marcha. Después, salieron en dirección hacia el sur. Con un poco de suerte, en dos horas estarían en Moldavia.

—¿Cómo nos han localizado tan pronto? —preguntó Úrsula.

Dámaris abrió el cilindro y vio un pequeño dispositivo.

—Creo que acabo de descubrir la razón.

Lo arrojó por la ventanilla y la furgoneta se ocultó por una carretera que atravesaba un espeso bosque. Por ahora estaban a salvo.

33

Tortura

Bajchisarái, julio de 1943

El capitán encontró el monasterio en uno de los mapas. Había descartado el resto, ya que el Monasterio de las Cuevas de Kiev pertenecía a la misma orden que el Monasterio Cueva de la Asunción. Los dos vehículos se detuvieron frente a la imponente fachada construida sobre la grieta de una inmensa roca.

—No hay más salidas. Quiero vivo a Alexander, los demás me dan igual.

Los soldados de las SS subieron de dos en dos las escalinatas. Llevaban las ametralladoras apuntando hacia delante y sus botas retumbaban en medio del silencio de la noche.

Cuando los monjes se dieron cuenta de que estaban rodeados, fue demasiado tarde. Llevaron a todos los hermanos a la capilla principal. Después entró el capitán y enseguida identificó a Alexander, lo sacó de entre sus hermanos y le puso enfrente.

—¡Dime dónde está el manuscrito o comenzaré a matar uno a uno a los monjes!

El abad dio un paso al frente y dijo:

—No te preocupes por nosotros. Hoy estaremos todos juntos en el paraíso.

El oficial sacó su arma y le pegó un tiro en la frente. El anciano se desplomó al instante. Los demás monjes, al ver morir de aquella manera a su padre espiritual, comenzaron a gritar y suplicar por sus vidas, sobre todo los más jóvenes. El resto comenzó a rezar.

—Mataré uno a uno.

Sacaron a uno de los novicios y lo colocaron frente al nazi.

Alexander negó con la cabeza. Le temblaba el cuerpo y no dejaba de llorar. Cerró los ojos y escuchó la detonación. Después notó unas gotas de sangre en la cara.

—¡Otro! —gritó furioso el oficial nazi.

—¡Moriré por Cristo, no flaquees! —exclamó antes de que una nueva bala se escuchara en la capilla.

Veinte minutos más tarde, una veintena de cuerpos estaban desparramados por el suelo del monasterio. Hans parecía fuera de sí, embrutecido por la rabia y la matanza.

—Siéntenlo en esa silla —ordenó a sus hombres—. Puede que no te importe el sufrimiento de tus hermanos, pero ya veremos cuando te arranque la piel a tiras.

Alexander estaba con los ojos cerrados rezando por las almas de todos sus hermanos. Quería morir, pero temía todo lo que era capaz de hacerle aquel hombre antes de arrebatarle la vida.

El capitán tomó algunas herramientas del monasterio, entre ellas unas tijeras de poda.

—Te arrancaré los dedos uno a uno.

Un hombre sujetó la mano mientras el nazi colocaba las tijeras.

Justo en ese momento se escucharon disparos. Al parecer, algunos partisanos advertidos por lo que estaba sucediendo habían acudido al pueblo.

—Nos atacan, capitán.

Los miembros de las SS salieron hasta la balconada y comenzaron a disparar. El soldado que sujetaba la mano del monje titubeó.

—Ve también. Yo me ocupo.

El nazi salió de la capilla y el capitán sacó la pistola.

—Tendré que utilizar otro método, pero no creas que es menos doloroso.

El capitán apuntó a la rodilla del monje, pero este cogió el cañón del arma y forcejeó con el oficial. Los dos lucharon un instante. Al final, se escuchó un disparo y un cuerpo cayó al suelo.

34

El plan

Davos, en la actualidad

Mark Epprecht llevaba toda su vida persiguiendo el mismo sueño: un mundo en paz, sin hambre ni guerras ni dolor. Sabía que su tarea durante todos estos años había sido titánica, pero que ahora estaba más cerca de conseguirlo. Durante todo este tiempo, había logrado crear un clima favorable y había sabido colocar a líderes en lugares estratégicos con su misma visión de las cosas. En ese sentido, había logrado crear una red extendida por muchos países y en la que estaban implicadas algunas de las mentes más destacadas del mundo.

Mark nunca había olvidado su primer encuentro con Henry Kissinger, uno de los hombres que más le había influido en su forma de pensar. El antiguo secretario de Seguridad y secretario de Estado bajo Nixon era sin duda un hombre carismático, aunque para muchos era una especie de bestia negra. Desde su retiro de la política activa, Kissinger se había integrado a muchos grupos de presión e influyentes tanto a nivel político como económico. Mark había leído hacía muchos años el famoso Memorando de Estudio de la Seguridad Nacional 200 y le había abierto los ojos. El secretario de Estado detallaba en el informe los peligros a los que se enfrentaba Estados Unidos en las próximas décadas, además de las tensiones que podía ocasionar la superpoblación que se preveía a partir del siglo XXI. El informe nombra a los países en vías de desarrollo que más crecían y lo que esto supondría para la explotación de recursos y las tensiones sociales que se producirían debido a la superpoblación. Kissinger proponía el uso masivo del aborto para frenar la tendencia, además de un control férreo de la natalidad y la reproducción.

Ahora que la humanidad había tomado conciencia de su vulnerabilidad tras la pandemia, el segundo caballo del apocalipsis que debía ponerse en marcha era la guerra, que aumentaría la carestía mundial, y el único país del mundo que podía alterar los precios sin propiciar una guerra a gran escala era Ucrania.

A veces había que sacrificar algunos peones para ganar la partida, se dijo Mark, y después miró los mensajes encriptados de su teléfono. Todo se había puesto en marcha por fin. Simplemente había que esperar que el fruto madurase antes de que estallaran los dos últimos caballos y pudieran hacer su propuesta formal ante la ONU, el Banco Mundial y el resto de los organismos internacionales. El mundo estaba listo para el Gran Reinicio.

Aquel momento del Gran Reinicio había llegado, era únicamente cuestión de tiempo. Muchos países como Canadá, Nueva Zelanda o el Reino Unido se encontraban a la cabeza de estas políticas del Nuevo Orden Mundial. A medida que se sumaran más países y gobiernos —no hacía falta que fueran todos, pero sí los más importantes—, él podría proponer a su candidato y todos lo verían como el salvador que necesitaba el mundo.

Mark miró las noticias. Los ataques sobre Ucrania ya habían comenzado, un nuevo peligro se cernía sobre el mundo y, cuanto más inestable y peligroso fuera, la gente más pronto entendería la necesidad de acudir a ellos para que les salvaran.

—¡Mark!

El hombre se giró.

—Tenemos al teléfono al presidente de la Comisión Europea.

—Ahora voy.

Mark sabía que Europa se encontraba en sus manos. Las pocas dudas que les asaltaban a algunos de sus miembros se disiparían muy rápido. España, Portugal, Francia o los Países Bajos eran sus mejores aliados, pero, por desgracia, los sistemas democráticos eran muy caprichosos y en algunas ocasiones debían de usar métodos más contundentes.

35

El niño

Bajchisarái, julio de 1943

Alexander se levantó y se tocó por todo el cuerpo. La sangre no era suya. Después miró al suelo y vio el cuerpo agonizante de Hans. Dudó por unos instantes, pero se asomó y vio a los nazis disparando a los partisanos. Corrió hacia la cueva, tomó el cilindro y subió por la montaña, intentando escapar lo más lejos que podía de allí.

Estuvo caminando toda la noche. Cuando llegó el amanecer se encontraba agotado. No sabía adónde ir ni qué hacer. Miró a ambos lados. Si caminaba hacia el este, entraría en territorio soviético, lo que para un monje podía ser lo mismo que firmar su sentencia de muerte. Si lo hacía hacia el oeste, terminaría en manos de los nazis. Además, no dudaba de que la Ahnenerbe enviaría a más gente. El manuscrito que poseía era muy peligroso. Debía intentar llevarlo al Vaticano.

Al final, optó por ir hacia el sur, encontrar algún barco que le llevase a Turquía, que era un país neutral, y desde allí intentar llegar a Roma.

Alexander caminó la mayor parte del día, pero sabía que tardaría demasiado a pie. Además, estaba famélico. Vio un pozo cerca de una granja y fue a beber agua.

—¿Qué hace? —le preguntó una mujer joven mientras le apuntaba con una escopeta.

El monje levantó los brazos.

—Únicamente quería beber un poco, llevo todo el día caminando.

—Esto es propiedad privada.

—Lo siento…

—Tome lo que necesite y lárguese.

El monje metió el cubo de zinc. Después lo sacó y comenzó a beber, se lavó la cara y los brazos.

—¿De verdad es un monje?

El hombre afirmó con la cabeza.

—No están los tiempos para hacerse pasar por uno, ¿no cree?

—Hacía mucho tiempo que no veía a un religioso.

La mujer parecía muy demacrada. Sus ojos estaban surcados por profundas ojeras.

—¿Se encuentra bien? —se atrevió a preguntar Alexander.

La mujer bajó el arma y se echó a llorar. Cuando el monje intentó acercarse, la campesina alzó de nuevo el rifle.

—¡Alto, hablo en serio!

—Solo quiero ayudarla.

La mujer volvió a bajar el rifle.

—Mi hijo Boris lleva enfermo varias semanas, cada vez está peor. No he conseguido que le vea un médico.

—Entiendo.

—¿Podría rezar por él?

Alexander se acordó del hijo de la viuda de Nain y de cómo aquella mujer le pidió a Jesús que hiciera un milagro para revivirlo. Él no se sentía digno. Acababa de matar a un hombre y no era el primero.

—No sé sí servirá para algo.

Los dos caminaron hasta la granja. Solo quedaban unas pocas gallinas.

—Lo que no se llevaron los rusos lo hicieron los nazis. Los alemanes mataron a mi marido y mis padres se murieron de hambre el invierno pasado. Únicamente quedamos Boris y yo, aunque no sé por cuánto tiempo más resistiremos.

Subieron a la primera planta. La casa era humilde, pero la mujer la mantenía muy limpia. Un niño de poco más de seis años sudaba copiosamente y su palidez le hacía casi transparente. El monje se acercó y se sentó en el borde de la cama. Estuvo un rato rezando, pero no se produjo ningún milagro.

—Lo siento…

El rostro de la mujer le produjo una gran ternura. Había tanta desesperación y fe en sus ojos.

—Espere un momento.

El hombre sacó el cilindro y poniéndolo sobre el pecho del niño dijo:

—Por el poder de Cristo, que le dio a su siervo Juan esta revelación, te digo, niño, que te levantes.

El pequeño no reaccionó al principio.

—Por las llagas de Cristo y su muerte en la cruz, te ordeno que te pongas en pie, que la enfermedad desaparezca ahora.

El niño abrió los ojos y miró alrededor asustado. Después se incorporó un poco.

—¡Boris!

La madre le abrazó y el niño balbuceó algunas palabras.

—Mamá.

La mujer comenzó a llorar mientras lo apretujaba entre sus brazos.

—Tengo hambre.

Mientras la mujer preparaba unos huevos a su hijo y al monje, este lo ayudó a bajar hasta la mesa.

—¿Qué te ha pasado?

—Tuve mucha fiebre y no me acuerdo de más, pero he tenido sueños extraños.

Alexander se acordó de las palabras del apóstol Pedro en su discurso de Jerusalén, cuando parafraseando al apóstol Joel dijo:

> Y en los postreros días, dice Dios,
> Derramaré de mi Espíritu sobre toda carne,
> Y vuestros hijos y vuestras hijas profetizarán;
> Vuestros jóvenes verán visiones,
> Y vuestros ancianos soñarán sueños;
> Y de cierto sobre mis siervos y sobre mis siervas en aquellos días
> Derramaré de mi Espíritu, y profetizarán.
> Y daré prodigios arriba en el cielo,
> Y señales abajo en la tierra,
> Sangre y fuego y vapor de humo;
> El sol se convertirá en tinieblas,
> Y la luna en sangre,
> Antes que venga el día del Señor,
> Grande y manifiesto;
> Y todo aquel que invocare el nombre del Señor, será salvo.

Alexander se preguntó si, como en los días del advenimiento del Espíritu Santo, el tiempo de los gentiles se estaba agotando y muy pronto regresaría el Cristo de nuevo al mundo. Sabía que antes la tribulación y el gobierno del anticristo dominaría la tierra. Se santiguó y pidió a Dios que, ya que había tenido que ver tantas desgracias, no tuviera que ver también el final del mundo, aunque sabía que eso no estaba en sus manos y que a cada generación le tocaba soportar el peso de su propia historia.

36

Persecución

Algún lugar cerca de la frontera de Moldavia, en la actualidad

Dámaris y sus amigos estuvieron toda la noche conduciendo. Cada vez se encontraban más cerca de la frontera con Moldavia. Tenían algunas dudas de que los guardas de frontera los dejaran salir del país en pleno estado de guerra, pero merecía la pena intentarlo. Se imaginaban que las autoridades se pondrían en contacto con su embajada y esta avalaría la salida.

Dámaris sustituyó a Jack al volante, pero unos veinte minutos más tarde se dio cuenta de que apenas les quedaba combustible.

—¿Qué vamos a hacer? —preguntó Úrsula. Se encontraban en medio de la nada y con un auto robado.

—¿Cuánto queda para la frontera?

—Poco menos de dos horas en auto, pero a pie serían unas veinte horas —dijo Úrsula mientras miraba el teléfono.

Los tres continuaron con el vehículo unos quince minutos más, pero al final este se paró. El pueblo más cercano se encontraba a cuarenta minutos a pie. Se llamaba Orhei. Se pusieron a caminar, pero antes de que pudieran llegar al pueblo escucharon un helicóptero. Corrieron hacia unos árboles y se escondieron.

—¿Serán los rusos? No creo que se atrevan a volar en cielo ucraniano —dijo Jack mientras miraba entre los árboles.

—Los rusos han bombardeado Kiev, no creo que les importe demasiado violar su espacio aéreo —contestó Dámaris.

El helicóptero volaba muy bajo y el ruido era ensordecedor. Entonces vieron a varios hombres que descendían con unas cuerdas.

—Será mejor que nos larguemos de aquí —dijo Jack mientras comenzaba a correr en dirección contraria.

Dámaris y Úrsula dudaron un instante. No sabían si era mejor seguir juntos o separarse, pero no podían pararse a pensar.

Las dos mujeres se escondieron en un edificio abandonado. Jack intentó llegar hasta una granja, pero los soldados le dieron caza.

Dámaris y su amiga subieron hasta la segunda planta.

—¿No sería mejor darles el cilindro? —le preguntó la joven en un susurro.

—Esa gente nos matará después de quitárnoslo de las manos.

Dámaris mandó un mensaje a sus hijas que sonaba a despedida. Después llamó a emergencias. Era lo único que podían hacer.

Los soldados entraron en el edificio y buscaron por todas las habitaciones. A medida que se acercaban, la respiración de las mujeres se aceleraba.

Las llamadas a emergencias estaban colapsadas. El país se encontraba en estado de guerra y las tropas rusas avanzaban hacia el oeste. Lo único que les quedaba era rezar y esperar que no las encontrasen.

37

América

Universidad de Asbury, Kentucky, en la actualidad

Todo el mundo confundía a Susan con Ruth. Eran como dos gotas de agua. Las dos estaban estudiando Educación, amaban a los niños y querían ser profesoras. Todo lo habían hecho juntas, nunca se separaban y hasta sus dos novios eran amigos. Las dos hermanas se dirigían aquel día a clase cuando vieron el mensaje de su madre y se asustaron un poco: les sonaba a despedida.

—¿Crees que se encuentre bien? —preguntó Susan, que era la más aprensiva de las dos y la que más unida estaba a Dámaris.

—Sí, ya sabes lo fuerte que es.

—Pero ¿has visto las noticias? Los rusos han invadido por sorpresa a Ucrania.

—Ya, pero ella está muy lejos del frente, se encuentra en Kiev.

Las palabras de Ruth no la tranquilizaron.

—Han bombardeado Kiev.

—Si hubiera una víctima norteamericana, seríamos las primeras en enterarnos. Mamá es muy prudente, dejará Ucrania de inmediato. Estate tranquila.

Las dos jóvenes vieron a un grupo de jóvenes que se dirigía a la capilla del campus, un edificio de aire clásico sureño.

—¿A dónde van a esta hora? Hay clase —dijo extrañada Susan.

Cuando vieron a su compañera Mary en dirección a la capilla, la pararon.

—¿Qué pasa en la capilla?

—Bueno, llevamos un mes yendo a orar antes de las clases. Algunos de nosotros sentimos que las cosas deben cambiar. Últimamente la universidad se parece a otra cualquiera y nosotros estamos aquí con un propósito.

Susan y Ruth llevaban algunas semanas sin asistir a los oficios, más por descuido que por cualquier otra cosa.

—¿Por qué no vamos nosotras? —preguntó Susan—. Podríamos orar un rato por mamá.

—Tenemos clase.

—Es la de Margaret. Esa profesora es un bodrio —se quejó Susan.

—Está bien, pero a la siguiente hora iremos a clase.

Las tres chicas se dirigieron a la capilla atravesando el césped. Después subieron por la escalinata y entraron. La sala era sobria y algo fría. Justo al lado de la plataforma, un grupo de media docena de chicos y chicas cantaban en voz baja. Se acercaron a ellos y se sentaron en la fila de detrás. Uno de los chicos dejó de tocar la guitarra y comenzó a hablar.

—Bueno, antes de seguir con las canciones, quería comentarles algo. Saben que ha comenzado una guerra en Europa, como dicen las profecías del libro de Ezequiel en el capítulo 38 y 39.

Después comenzó a leer en su Biblia:

Así ha dicho Jehová el Señor: En aquel día subirán palabras en tu corazón, y concebirás mal pensamiento, y dirás: Subiré contra una tierra indefensa, iré contra gentes tranquilas que habitan confiadamente; todas ellas habitan sin muros, y no tienen cerrojos ni puertas; para arrebatar despojos y para tomar botín, para poner tus manos sobre las tierras desiertas ya pobladas, y sobre el pueblo recogido de entre las naciones, que se hace de ganado y posesiones, que mora en la parte central de la tierra. Sabá y Dedán, y los mercaderes de Tarsis y todos sus príncipes, te dirán: ¿Has venido a arrebatar despojos? ¿Has reunido tu multitud para tomar botín, para quitar plata y oro, para tomar ganados y posesiones, para tomar grandes despojos?

Por tanto, profetiza, hijo de hombre, y di a Gog: Así ha dicho Jehová el Señor: En aquel tiempo, cuando mi pueblo Israel habite con seguridad, ¿no lo sabrás tú? Vendrás de tu lugar, de las regiones del norte, tú y muchos pueblos contigo, todos ellos a caballo, gran multitud y poderoso ejército, y subirás contra mi pueblo Israel como nublado para cubrir la tierra; será al cabo de los días; y te traeré sobre mi tierra, para que las naciones me conozcan, cuando sea santificado en ti, oh Gog, delante de sus ojos.

Así ha dicho Jehová el Señor: ¿No eres tú aquel de quien hablé yo en tiempos pasados por mis siervos los profetas de Israel, los cuales profetizaron en aquellos tiempos que yo te había de traer sobre ellos? En aquel tiempo, cuando venga Gog contra la tierra de Israel, dijo Jehová el Señor, subirá mi ira y mi enojo. Porque he hablado en mi celo, y en el fuego de mi ira: Que en aquel tiempo habrá gran temblor sobre la tierra de Israel; que los peces del mar, las aves del cielo, las bestias del campo y toda serpiente que se arrastra sobre la tierra, y todos los hombres que están sobre la faz de la tierra, temblarán ante mi presencia; y se desmoronarán los montes, y los vallados caerán, y todo muro caerá a tierra. Y en todos mis montes llamaré contra él la espada, dice Jehová el Señor; la espada de cada cual será contra su hermano. Y yo litigaré contra él con pestilencia y con sangre; y haré llover sobre él, sobre sus tropas y sobre los muchos pueblos que están con él, impetuosa lluvia, y piedras de granizo, fuego y azufre. Y seré engrandecido y santificado, y seré conocido ante los ojos de muchas naciones; y sabrán que yo soy Jehová.

—Un reino poderoso atacará a un reino indefenso, será atacado por Magog, que ocupa la actual Ucrania, parte de Grecia y Turquía, Kazajistán y Siria. Una colación de pueblos. ¿Es esto una señal del fin? —preguntó el chico con su pelo rubio casi albino al resto de asistentes.

—He leído que la palabra Gog, que es como se nombra a su rey, significa zar. El actual presidente ruso no es un zar, aunque muchos le consideran como tal —contestó un chico pecoso y pelirrojo.

Susan miró a su hermana algo asustada.

—Sea de una forma u otra, muchas de las señales del apocalipsis se están cumpliendo. Jesús dijo:

Se levantará nación contra nación, y reino contra reino; y habrá grandes terremotos, y en diferentes lugares hambres y pestilencias; y habrá terror y grandes señales del cielo. Pero antes de todas estas cosas os echarán mano, y os perseguirán, y os entregarán a las sinagogas y a las cárceles, y seréis llevados ante reyes y ante gobernadores por causa de mi nombre. Y esto os será ocasión para dar testimonio. Proponed en vuestros corazones no pensar antes cómo habéis de responder en vuestra defensa; porque yo os daré palabra y sabiduría, la cual no podrán resistir ni contradecir todos los que se opongan. Mas seréis entregados aun por vuestros padres, y hermanos, y parientes, y amigos; y matarán a algunos de vosotros; y seréis aborrecidos de todos por causa de mi nombre. Pero ni un cabello de vuestra cabeza perecerá. Con vuestra paciencia ganaréis vuestras almas.

Pero cuando viereis a Jerusalén rodeada de ejércitos, sabed entonces que su destrucción ha llegado. Entonces los que estén en Judea, huyan a los montes; y los que estén en medio de ella, váyanse; y los que estén en los campos, no entren en ella. Porque estos son días de retribución, para que se cumplan todas las cosas que están escritas. Mas ¡ay de las que estén encintas, y de las que críen en aquellos días! porque habrá gran calamidad en la tierra, e ira sobre este pueblo. Y caerán a filo de espada, y serán llevados cautivos a todas las naciones; y Jerusalén será hollada por los gentiles, hasta que los tiempos de los gentiles se cumplan.

Entonces habrá señales en el sol, en la luna y en las estrellas, y en la tierra angustia de las gentes, confundidas a causa del bramido del mar y de las olas; desfalleciendo los hombres por el temor y la expectación de las cosas que sobrevendrán en la tierra; porque las potencias de los cielos serán conmovidas. Entonces verán al Hijo del Hombre, que vendrá en una nube con poder y gran gloria. Cuando estas cosas comiencen a suceder, erguíos y levantad vuestra cabeza, porque vuestra redención está cerca.

El chico rubio le contestó:

—Bueno, esa profecía se cumplió con la destrucción de Jerusalén y el Templo en el año 70, con el ataque de los romanos comandados por Tito.

—Únicamente la primera parte, la segunda aún está por cumplirse —dijo el pelirrojo.

Susan miró a su hermana y después le preguntó a los chicos.

—¿Están seguros de lo que dicen?

—Llevamos hablando de este tema con nuestro profesor de Nuevo Testamento todo el trimestre. Por eso comenzamos a reunirnos. Tenemos que prepararnos para lo que está por venir.

—¿Piensan que estamos en el fin de los tiempos? —preguntó Ruth algo incrédula.

—Me temo que sí —dijo el chico rubio.

En ese momento entró una corriente por la puerta y se escuchó un portazo. Todos dieron un respingo. Una figura misteriosa se paró justo entre las sombras que había en la entrada y todos se quedaron en silencio. Aquella figura les daba escalofríos, pero ninguno logró moverse de la silla ni abrir la boca.

38

El Grupo

Lugansk, en la actualidad

El Grupo, como todos lo llamaban, era uno de los cuerpos de élite del ejército ruso, aunque en el fondo no era más que un cuerpo de mercenarios y el ejército privado del presidente de Rusia. Llevaban luchando sobre el terreno desde el año 2014, cuando Rusia había apoyado a los grupos separatistas del Dombás. Únicamente otro cuerpo era más temido que el Grupo: el Regimiento 141, que estaba formado por los temidos soldados chechenos bajo el mando de Ramzán Kadírov. Ambos ejércitos se odiaban entre sí, pero los dos eran fieles al presidente.

Samuil Bogatov miró a su lugarteniente y después examinó el mapa.

—¿Por qué han mandado un comando a esa zona?

—Parece que son órdenes del Kremlin, un agente llamado Nicolás Korolev es el que está al mando de la misión.

El oligarca ruso frunció el ceño.

—¿Por qué no estamos al corriente? Somos las tropas de élite del presidente.

—Debe tratarse de una misión secundaria —dijo el lugarteniente.

—Acabamos de empezar una guerra con estos fascistas ucranianos. No hay misiones secundarias en suelo ucraniano. Averigua de qué se trata y mantenme informado.

A Bogatov no le gustaba aquella guerra. No tenía nada que ver con la del 2014 ni con la intervención en Siria o todas las operaciones en África. Una invasión total de Ucrania podía llevar al mundo a una maldita Tercera Guerra Mundial y ya había dicho el famoso Albert Einstein, que la cuarta sería con palos y con piedras.

El Grupo estaba actuando al mismo tiempo dentro y fuera del país. El presidente le había ordenado eliminar a todos los oligarcas que quisieran resistirse a la invasión y sin duda era una larga lista. Además, debía procurar que sus muertes parecieran accidentes.

Bogatov tomó el teléfono y miró por la ventana desde su despacho en Lugansk. Le gustaba el olor de los aviones despegando hacia su destino y cómo vibraban las ventanas por sus poderosos motores. Sabía que la guerra era la única fuerza desatada por el ser humano que podía compararse a las de la naturaleza.

39

El checheno

Algún lugar cerca de la frontera de Moldavia, en la actualidad

Los soldados entraron en el granero. No había luz, pero las linternas de sus cascos iluminaron parcialmente el lugar. Parecía el revoleteó de cientos de luciérnagas enloquecidas. Miraron por todos lados, pero no lograron dar con las dos mujeres. Nicolás Korolev entró cuando el perímetro estaba asegurado y miró de nuevo cada rincón.

—No es posible, no puede habérselas tragado la tierra. ¡Traigan a Jack Santana!

Dos de los soldados arrastraron hasta allí al hombre. Le habían golpeado en la cara y tenía el labio partido, además de un ojo morado.

—¡Aquí está su amigo, si no salen de inmediato le pegó un tiro aquí mismo! ¿Lo han entendido?

Se hizo un largo silencio. El agente puso de rodillas a Jack y colocó la pistola en su sien.

—¡Última oportunidad!

—¡Alto!

Escucharon desde el suelo y se abrió una puerta bien disimulada bajo la paja. Dos mujeres se asomaron con las manos levantadas, una de ellas llevaba el cilindro metálico en una mano.

Nicolás sonrió, no había pensado que fuera a ser algo tan sencillo. Ahora tenía que intentar que los chechenos y el Grupo de Bogatov no metieran sus narices en aquel asunto. Tenía el aval del presidente y sabía que nadie se atrevería a meterse con uno de sus hombres.

El comando se dirigió al helicóptero y una media hora más tarde estaban aterrizando en Donetsk. Aquel lugar había sido siempre el escenario de encarnizadas guerras, aunque la ciudad apenas tenía ciento cincuenta años y había sido fundada por un empresario galés llamado John Hughes para crear allí una fábrica de acero y varias minas de carbón. Aquel territorio había sido constituido en un corto lapso de tiempo como la República Soviética de Donetsk-Krivói Rog, para disolverse más tarde en Ucrania. La zona había sido invadida por Alemania en la Primera Guerra Mundial para ayudar a la independencia de Ucrania. En los años veinte había cambiado su nombre por el del dictador Stalin y después fue ocupada por los nazis en octubre de 1941 hasta septiembre de 1945. La ciudad quedó destrozada y fue reconstruida por soldados y prisioneros de origen alemán. Desde entonces, la ciudad había sido un bastión obrero y, tras la caída de la Unión Soviética, un nido de mafiosos y oligarcas al servicio del presidente de Rusia y en contra del gobierno de Kiev.

Los soldados sacaron a los prisioneros del avión y los llevaron hasta unos vehículos. Desde allí los transportaron hasta su base. Nicolás Korolev intentó oponerse, pero fue inútil. Al parecer, eran órdenes del líder checheno Ramzán Kadírov.

Los prisioneros y el agente fueron escoltados hasta la sala de reuniones de Ramzán. En cuanto entraron, sintieron cómo les daba un vuelco el corazón. El líder checheno tenía una larga barba pelirroja y aunque les sonrió en cuanto cruzaron el umbral, aquella sonrisa les heló el corazón. Su padre había sido el líder de la República de Chechenia. En la primera guerra, Chechenia se había puesto del lado de los separatistas, pero al ver la deriva yihadista de muchos de los nacionalistas, decidió pasarse al bando soviético. Tras la muerte de su padre en un atentado, Ramzán había tomado el mando de las fuerzas armadas chechenas, y la república había quedado en manos de un nuevo presidente. Desde entonces, los soldados chechenos eran los más temidos del ejército ruso.

—Nicolás Korolev, muchas gracias por avisarnos. Ya sabe que para nosotros es siempre un gran placer servir al presidente. Ahora que estamos comenzando esta gran guerra por la libertad y contra el fascismo ucraniano, nos sentimos muy honrados de la lucha que hemos emprendido —dijo Ramzán sin dejar de sonreír.

—Muchas gracias por su ayuda, pero tenemos que volar de inmediato a Moscú. La información que tienen estas personas es muy importante.

El checheno sacó el cilindro. Alguno de sus hombres se lo había entregado antes de que llegaran los prisioneros.

—¿Se refiere a esto?

—No lo abra, por favor. Dentro hay un documento muy antiguo y delicado —le pidió Dámaris.

El checheno frunció el ceño. Hablaba perfecto inglés y comenzó a contestarle en su idioma.

—Señora McFarland, creo que es ese su nombre, mientras veníamos hasta aquí la hemos investigado un poco. Muchos creen que somos los salvajes descendientes de los mongoles, pero sabemos valorar las cosas. Usted es una especialista en el Nuevo Testamento. Yo soy musulmán, pero imagino que esto debe ser algún manuscrito antiguo cristiano.

—Es un documento que me ha pedido reclamarlo el mismo presidente —comentó el agente.

—Nosotros los musulmanes también veneramos la Biblia, sabemos que en ella se cuentan las verdades del mundo. Me gustaría ver el manuscrito.

Justo en ese momento se escucharon varios aviones sobrevolando el edificio y uno de los ayudantes de Ramzán le dijo algo al oído.

—Parece que los ucranianos se han atrevido a cruzar nuestra frontera y se teme un bombardeo. Será mejor que nos marchemos todos al refugio que hay justo debajo.

Mientras el jefe de los chechenos decía esto, las primeras bombas caían sobre la ciudad y las paredes comenzaban a temblar. Dámaris y Grace corrieron hacia la puerta. Jack parecía cojear un poco. Nicolás le ayudó y bajaron por las escaleras hasta el refugio.

40

Refugio

Bajchisarái, julio de 1943

Alexander seguía asombrado. Aquel manuscrito que había sido inspirado por el mismo Cristo guardaba un poder especial, milagroso, aunque su contenido lo era aún más. Su país estaba invadido por los nazis, pero los soviéticos tampoco eran de fiar. Tanto el patriarcado de Kiev como el de Moscú estaban controlados por hombres fatuos. ¿Adónde podía llevar el manuscrito?

El único lugar en el que había una autoridad espiritual genuina y personas que pudieran valorar el manuscrito era Jerusalén. Debía dejarle aquel libro a Cirilo IX, al menos hasta que se restaurase el Monasterio de la Roca en Kiev y al patriarca.

Sabía que un viaje hasta Palestina en plena guerra era muy peligroso. Además de atravesar el mar Negro, tenía que ir hasta Turquía, que era neutral, y desde Siria llegar a Jerusalén. Pediría refugio en todos los monasterios del camino, sería un camino largo y lleno de dificultades, pero estaba seguro de que lo conseguiría.

Alexander salió de la casa. Vestía de civil para no levantar sospechas y se había puesto como primer objetivo escapar en algún barco de pescadores desde Sebastopol. Eran algo menos de siete días de camino, un viaje largo y peligroso.

Decidió salir por la noche y caminar desde la puesta a la salida del sol, intentando no cruzarse con los nazis. Sabía que la base marítima de Sebastopol había resistido casi ocho meses de asedio, pero ahora era un importante puerto alemán.

Alexander caminó la primera jornada por senderos secundarios y no vio a ninguna patrulla. Durmió en una ermita abandonada. La viuda le había preparado algo de pan de maíz y un poco de embutido y queso. Lo racionó lo más que pudo y durmió durante todo el día.

Se despertó de noche, tomó el rollo y las pocas cosas que tenía en su bolsa y caminó de nuevo. Comenzaba a sentir el desgaste de las largas caminatas. Sin duda, le comenzaban a pesar los años, pero no podía desfallecer. Gran parte del camino lo pasaba rezando o cantando, pero su suerte estaba a punto de terminar.

Una patrulla alemana comenzó a verse a lo lejos. Eran dos vehículos pesados y dos motocicletas. Se acercaron mucho, pero logró esconderse detrás de unos matojos. Escuchó los motores y vio los focos alejarse en mitad de la noche.

Estaba comenzando a tranquilizarse cuando notó una presencia a su espalda.

—Hola, amigo —dijo una voz juvenil.

El monje se giró y miró a la sombra de la que venía la voz.

—¿Quién eres?

—No temas, soy un vagabundo como tú. Estamos intentando escondernos de los mismos hombres. Si es que a esas bestias puede llamárseles hombres. Si te contara lo que les he visto hacer.

La figura se acercó y Alexander contempló el rostro de un muchacho de unos diecisiete años barbilampiño, de pelo claro, aunque con aquella luz no se le podía distinguir bien.

—Me llamo Bohdan.

Aquello le pareció un buen presagio al monje. El significado de Bohdan era "hecho por Dios". Aquello le hizo bajar la guardia.

—Me llamo Alexander y me dirijo a Sebastopol.

—Qué casualidad, yo también voy para allá. Esos cerdos destruyeron mi aldea y voy a la ciudad en busca de mi tío. Podríamos viajar juntos.

El monje accedió y comenzaron a caminar.

—Nosotros vivíamos felices en un pequeño pueblo cerca del río Dniéper. Nuestras tierras eran fértiles y fructíferas, nuestros antepasados habían vivido allí desde tiempos inmemorables. Una mañana llegaron las tropas alemanas. Habíamos escuchado los combates desde lejos, pero pensamos que jamás veríamos a un alemán en nuestras tierras. Los soldados registraron la aldea, requisaron algunos animales, pero no nos molestaron mucho. Una hora más tarde, llegaron los Einsatzgruppen. Llevaban uniformes negros y en cuanto los vimos nos echamos a temblar. Primero fueron a la parte judía y reunieron a todos en la sinagoga. Después preguntaron por los miembros del Partido Comunista; en nuestra aldea no había comisarios del pueblo, pero se llevaron al maestro, al doctor y al alcalde. Después los encerraron también en la sinagoga y les prendieron fuego. No contentos con eso, mientras los judíos gritaban e intentaban escapar por las ventanas, los remataban a balazos. Cuando el fuego cesó, entraron en nuestras casas y se llevaron todo lo que vieron de valor, violaron a las mujeres y mataron a los hombres que se les enfrentaban.

—¡Dios mío, es terrible!

—Mi padre y mi hermano mayor estaban en el frente, pero se ensañaron con mi madre y mi hermana. Yo me había escondido en el cobertizo y me libré, aunque a veces hubiera preferido morir con ellas.

Cuando vieron que amanecía se internaron en el bosque y llegaron a lo que parecían las ruinas de una granja. Se guarecieron allí, comieron algo y se echaron a dormir. Alexander se sentía reconfortado al tener al menos alguien con quien hablar. Era muy duro ir solo todo aquel camino. Dios parecía haberle enviado un ángel para que le guardase.

41

El 666

Nueva York, en la actualidad

Jared Berkowitz miró las noticias de la guerra. Sabía que la cuenta atrás había comenzado, el reloj se había puesto en marcha y el final de todo aquello sería su ascenso glorioso. Su experiencia política era casi nula, pero había nacido para aquel papel. Su aspecto físico era impecable, con aquella cara de chico bueno de Yale. Sus antepasados honorables habían llegado de Europa escapando del nazismo y habían sabido aprovechar el sueño americano. Ahora debía enfrentarse a su destino.

Llevaba unos cinco años casado y había tenido tres hijos con su esposa Ivanna, una mujer guapísima con la que hacía la pareja perfecta. Todos conocían de sus éxitos en las finanzas, pero también había sido un hábil negociador y llevaba una década tratando con los líderes de varios continentes. La gente comenzaba a conocerle mediáticamente, pero, en el fondo, su misión llevaba forjándola durante décadas.

Jared conocía las historias que contaba su madre sobre su nacimiento. Era hijo único. Sus padres ya habían perdido la esperanza de concebirlo por la edad que tenían, pero de una forma milagrosa, una clínica muy reputada de la ciudad les había incluido en un programa experimental y a los cuatro meses su madre había quedado encinta. Las condiciones para entrar en el programa eran muy duras. Además de cumplir unos requisitos personales y médicos, los dos debían prometer que se esmerarían en la educación de su hijo y lo llevarían a ciertas escuelas de élite. El doctor Mouses Chabad era el encargado de la clínica y el que había creado el sistema de fertilidad.

Durante su niñez había tenido profesores particulares, varios mentores en la secundaria y en la etapa universitaria. Gracias a su esmerada formación, había terminado tres carreras, la de Derecho, empresariales y Política, y tenía un doctorado en Yale y otro en Harvard. Sabía perfectamente cinco idiomas y entendía otros tres, además de hebreo antiguo, griego y arameo. Jared se dirigió a su habitación secreta. Mouses le había iniciado en los misterios de la Kabbalah y algunas enseñanzas esotéricas.

El hombre se quitó la camisa y se puso las ropas sagradas. Quitó la alfombra del suelo y descubrió el pentagrama invertido, uno de los símbolos más antiguos de la humanidad relacionado con la brujería y, en especial, con el satanismo. Su forma representa la cabeza invertida del macho cabrío. El símbolo representaba que la naturaleza es superior al ser humano, pero que este lo es a los cuatro elementos naturales: la tierra, el agua, el fuego y el aire. Aquel símbolo secreto contenía el rostro del Baphomet, una cara barbada con pequeños cuernos que en el fondo representaba al anticristo, el temido enemigo de la cristiandad que llegaría al final de los tiempos.

Jared se puso de rodillas y comenzó el ritual. Apenas llevaba quince minutos cuando sintió un escalofrío que le recorría toda la espalda. Después, la habitación pareció llenarse de fuego y frente a sus ojos se mostró la bestia. Parecía tener forma de dragón y al mismo tiempo se asemejaba a un ángel de bellos rasgos.

—¡Mi Señor! —exclamó el hombre casi en éxtasis. Este ser se irguió y comenzó a hablar con una voz terrible, pero que Jared sentía como música celestial.

—¡Es el tiempo, hijo, es el tiempo!

42

La Providencia

Donetsk, en la actualidad

Mientras bajaban por las escaleras, sintieron una gran explosión y el edificio comenzó a tambalearse. Perdieron el equilibrio y todos cayeron rodando. Al llegar al rellano, estaban desparramados entre un amasijo de escombros. Dámaris logró levantarse. Tenía cortes en la cara y las manos. Después ayudó a Grace y más tarde a Jack. Los chechenos comenzaron a incorporarse también. Algunos tosían por la nube de polvo que rodeaba todo.

—¡Vengan! —dijo una voz entre los escombros.

Dámaris extendió su mano y la siguieron sus amigos. Un hombre vestido de blanco, alto y de piel muy clara, los llevó por uno de los largos pasillos a través del edificio.

—Ese hombre tiene el cilindro —dijo Grace cuando logró recuperar la calma.

El hombre sacó de debajo de sus ropas el cilindro y se lo enseñó. Ya no hicieron más preguntas. Unos cinco minutos más tarde estaban en la parte trasera del edificio. El hombre misterioso les entregó el cilindro y les indicó uno de los vehículos.

—Salgan de la ciudad lo antes posible.

—¿Quién eres? —le preguntó Dámaris.

El rostro del hombre resplandecía en contraste con su pelo negro.

—Tus hijas han intercedido por ti y yo he venido a ayudarte. Tuve que enfrentarme a varios príncipes antes de llegar. Ese hombre es muy peligroso. Aléjense de él lo más posible. Piensen que yo siempre estaré a su lado para protegerlos, pero sobre todas las cosas guarden su corazón. No hay nada más engañoso y peligroso.

Dámaris le iba a hacer otra pregunta cuando simplemente se desvaneció.

—¡Vamos! —exclamó Jack mientras se sentaba al volante. Tenía las llaves puestas, arrancaron y se alejaron a toda velocidad.

—¿A dónde vamos a ir? Estamos en territorio enemigo —dijo Grace desesperada.

—Tengo a unos amigos en Mariúpol. Tal vez desde allí podamos salir en barco en dirección a Israel o Italia.

El vehículo derrapó un poco y enfiló la calle. Apenas habían avanzado unos quinientos metros cuando vieron que les seguían dos *jeeps*.

—¡Mierda! —exclamó el hombre y después pisó el acelerador a fondo.

Las calles estaban despejadas. La gente se había ocultado en los refugios, pero había dejado algunos vehículos abandonados por todas partes. Mientras Jack esquivaba los autos e intentaba alejarse, no paraba de quejarse de la pierna.

—Tuerce allí —dijo Dámaris señalándole justo una calle perpendicular que parecía más despejada. Se introdujeron en un polígono industrial. Los autos ya les pisaban los talones.

Uno de los *jeeps* se le puso justo al lado y comenzó a echarlos hacia un costado. Jack logró esquivarlo, pero estuvo a punto de perder el control. Al final giró de nuevo a la derecha y se metió por un callejón estrecho. Se chocó con unas cajas vacías de cartón, que saltaron por los aires.

El *jeep* les comía terreno, los alcanzó y embistió por detrás. Los tres se sacudieron, perdieron el control de su auto y rozó la pared, pero Jack logró recuperar de nuevo el control. Giró de nuevo. A los *jeeps* no les dio tiempo a reaccionar y tuvieron que frenar en seco y así lograron alejarse un poco de ellos.

Jack estaba desesperado, no sabía cómo esconderse, pero Dámaris vio la puerta de una nave abierta. Se metieron dentro y cerraron la persiana.

Los *jeeps* pasaron de largo haciendo un ruido ensordecedor. Los tres respiraron tranquilos y pararon el motor.

—¿Cómo vamos a hacerlo? Los chechenos mandarán a todos sus hombres detrás de nosotros —comentó Dámaris.

—Tendremos que confiar en Dios, no nos queda otra.

Esperaron una media hora. Después, Grace se asomó por una puerta pequeña y al ver que estaba despejado salieron de la nave. Jack consultó un mapa que había en la guantera y se dirigieron por un camino de cabras hacia Mariúpol. En línea recta era apenas una hora y cuarenta minutos, pero por secundarias podían tardar hasta tres horas.

Lograron avanzar sin apenas encontrar resistencia. La ciudad de Mariúpol se encontraba en manos ucranianas. Si lograban llegar a tiempo, estarían a salvo.

A las dos horas y media de conducción se les acabó el combustible y tuvieron que continuar a pie. El camino era muy largo y no llegarían a la ciudad antes de que anocheciera. Vieron una vieja furgoneta azul y la pararon.

—¿Nos llevaría a Mariúpol? —preguntó Jack al anciano en ucraniano.

—¡Suban! —exclamó mientras les abría la puerta—. Quiero irme de aquí antes de que lleguen los rusos.

El anciano pisó el acelerador y el viejo trasto avanzó a toda velocidad. Parecía a punto de partirse en mil pedazos, pero a aquel ritmo en media hora se encontrarían a salvo.

43

El mensajero oscuro

Universidad de Asbury, Kentucky, en la actualidad

El pequeño grupo de jóvenes no sabía qué hacer. Todos se habían callado y la música había cesado de repente. La figura dio un paso hacia ellos y los estudiantes se pusieron en pie y se juntaron unos con otros, como si intentasen formar una única forma frente a la sombra. El temor había invadido sus corazones, un miedo ancestral que venía de la noche de los tiempos y se parecía demasiado a la muerte.

—No van a impedir nada con sus rezos y cancioncitas. Ha llegado nuestro momento. Durante dos mil años, su mensaje ha contaminado el mundo, lo ha constreñido y ha impedido que nuestro reino se extienda, pero todo eso ha terminado para siempre.

El chico rubio dejó la guitarra y alzó la voz.

—¡Nuestra lucha no es contra carne ni sangre, sino contra principados y potestades en los lugares celestes, en el nombre de Jesús. ¡Dios te reprenda!

El tipo avanzó un paso más y comenzó a reírse a carcajadas.

—Tú no tienes poder. Crees que no sabemos lo que haces, cuál es tu comportamiento real. Sin santidad, todo lo que sale de tus labios son meras palabras, igual que le pasa a millones de cristianos. ¡Yo sí tengo poder!

El grito del hombre se convirtió en un torbellino que les hizo temblar. Los chicos pensaron en huir, pero la salida trasera estaba cerrada. No tenían escapatoria.

Ruth dio un paso adelante y extendió las manos.

—Satanás, Dios te reprenda. ¡Por la sangre poderosa de Cristo Jesús!

El hombre oscuro pareció retroceder un poco, pero enseguida se recompuso y dio un nuevo paso hacia delante.

—¡Dios te reprenda! —gritaron todos al unísono.

Su unidad fue como una de especie de olor pestilente para aquel ser infernal y sintió un fuerte golpe en el pecho, pero continuó avanzando hasta salir de la oscuridad. Cuando vieron su verdadero rostro, se echaron a temblar. El miedo y la duda invadieron sus corazones. Lo único que querían era escapar de allí.

En ese momento, entró el capellán Daniel Start que llevaba apenas un año en el campus. Se había sorprendido de la poca fe de muchos alumnos y cómo los valores mundanos se habían extendido por doquier.

El capellán vio las espaldas de aquella cosa y soltó la mochila y la Biblia que llevaba en la mano. Levantó ambas manos y las extendió.

—¡En el nombre de Jesús hay poder, él derrotó a la muerte y al mal en la cruz y resucitó con poder! Ahora está a la diestra de Dios para gobernar y dominar el mundo. En su nombre santo te reprendo, Satanás. ¡Con la autoridad de Dios, su padre, y el Espíritu Santo!

Aquel hombre se giró y notó como si un rayo de luz le atravesara en su interior. Se puso de rodillas y abrió la boca para dar un aullido de dolor, pero de sus labios no salió ningún sonido, únicamente miles de moscas que se dirigieron a la salida a toda prisa.

Daniel se acercó al hombre y le levantó. Su rostro había cambiado por completo. Conocía a aquella persona.

—¿Rector?

Todos se quedaron sorprendidos. Aquel hombre era el rector. Los jóvenes se acercaron y le ayudaron a sentarse en un banco. Daniel le desató la corbata, parecía que le costaba respirar.

—¿Se encuentra bien? —le preguntó Ruth, mientras Susan le daba un poco de agua.

—Me encuentro mejor. ¿Qué me ha pasado? Me sentía como en una pesadilla.

—Chicos, déjennos a solas un momento.

Cuando los dos hombres se quedaron a solas, Daniel enfrentó a su jefe.

—Estaba poseído. Hemos visto cómo le abandonaba el demonio. Pensé que usted...

El hombre no dejaba de llorar. Llevaba quince años de rector. Había sido pastor y anciano en varias iglesias. Todos le consideraban una persona intachable, aunque les extrañaba que en los últimos años había cambiado mucho de opinión en temas morales muy importantes, abriendo la puerta a todo tipo de influencias oscuras en la universidad.

—Lo siento —dijo entre lágrimas—, cuando era niño estaba cerca de Dios. Él me llamó para servirle, pero hace años que había dejado de orar y creer en las verdades de la Biblia. Mi corazón se enfrió tanto. Hace cuatro años, vino a mi despacho un hombre, un tipo conocido por haber fundado una empresa exitosa. Me ofreció mucho dinero si permitía que ciertos grupos comenzaran a influir en la universidad. Yo nunca había podido cumplir mis sueños y ya no me importaba nada. Mi esposa Cyndi había muerto de cáncer, era la luz de mis días. Mis hijos ya estaban casados. Quería una cabaña para poder ir a pescar. Ese hombre introdujo en la universidad la brujería, las prácticas de la Nueva Era y otras muchas cosas. Yo mismo hice algunos de estos talleres y cuando me di cuenta, ya no era la misma persona. ¡Lo siento mucho!

Los dos hombres se abrazaron un instante.

—¿Sabe que es la tercera persona que libero de una posesión esta semana? Hay una actividad inusual de demonios. Algo está pasando en la esfera espiritual. Tenemos que convocar a una reunión de oración urgente para este domingo, que los jóvenes que quieran se queden ayunando después del culto.

—Me parece bien, quiero que ores por mí. Nunca he entregado mi vida a Cristo. Siempre pensé que era un mero trámite y que no necesitaba hacerlo, pero ahora…

El hombre comenzó a llorar de nuevo.

Los chicos se acercaron y vieron cómo los dos hombres oraban. Cuando terminaron, Ruth y Susan le contaron al capellán que su madre se encontraba en Ucrania y tenían mucho miedo por lo que pudiera sucederle.

—Estaré orando por ella. Será mejor que ahora todos vayan a clase y no le cuenten a nadie lo que ha sucedido.

Cuando se quedó solo, Daniel se acercó al altar y miró la cruz. Sabía que únicamente era una representación de la verdadera. Estaba vacía y su amado Señor no estaba en ella, pero aun así la miró y dijo:

—Dios mío, guíanos a todos y no permitas que el mal nos domine. Dame sabiduría para gobernar a tu pueblo. En tu nombre lo pido Jesús. Amén.

Sintió como si sus fuerzas se renovaran. Todos los temores escaparon de su corazón. Tenía la fuerza de un león y ahora sí podía, con la ayuda de Dios, enfrentarse a lo que estuviera sucediendo en los lugares celestiales. La lucha que estaba a punto de desatarse conmovería las órbitas celestes como jamás lo había hecho. El fin de los tiempos estaba muy cerca.

44

La casa de Abraham

Abu Dhabi, Emiratos Árabes Unidos, en la actualidad

La inauguración era inminente. El proyecto había sido presentado unos años antes por el jeque Ali bin Asad. La ONU lo había recibido como una iniciativa magnífica que buscaba la paz entre las tres religiones abrahámicas, las que provenían del padre Abraham y eran monoteístas: el judaísmo, el islamismo y el cristianismo. Ya había un templo así en Berlín, pero se pretendía abrir este tipo de centros en las capitales más importantes del mundo. Algunas iglesias cristianas estaban de acuerdo, ya que el complejo estaba compuesto por tres edificios individuales. Los edificios, con forma de cubo, representaban la unidad y coexistencia mutua. Cada edificio llevaba el nombre de un gran líder religioso de cada religión.

Aquel movimiento había nacido mucho antes, en el Congreso de Líderes de Religiones Mundiales tras los atentados del 11S. Ahora había tomado fuerza gracias al papa y otros líderes. La reunión en Kazajistán, unos meses antes, había sido un gran éxito. El artífice de todo aquello era un humilde sacerdote que en muy pocos años había pasado de un segundo plano a convertirse en uno de los hombres más influyentes de la iglesia. Marco Pacelli era un hombre austero, de aspecto bonachón, cara redonda y grandes ojos negros. Llevaba la cabeza rapada, pero mantenía un aspecto infantil, casi angelical.

Pacelli se dirigió al edificio principal de la Casa de la Familia Abrahámica, auspiciado por muchos jeques y emires, supervisado por el Comité Superior de la Fraternidad Humana. Aquel era su proyecto más ambicioso hasta el momento, aunque llevaba años negociando hacer algo parecido en la antigua ubicación del Templo de Salomón, en Jerusalén.

El Gran Imán del complejo recibió a Marco y le besó la mano. A él no le gustaban tales muestras de respeto en público, no hasta que todo hubiera sido manifestado.

Entraron en una de las estancias privadas, justo detrás del altar mayor de la iglesia.

—¿Cómo va todo?

—Queda muy poco para su inauguración. Estoy deseando que millones vengan aquí y a los otros templos a adorar al único dios verdadero —dijo el imán.

—Esto es un verdadero milagro, aunque dentro de la iglesia se han levantado algunas voces disconformes, pero sabemos cómo apaciguarlas.

—Estupendo, eminencia —dijo el imán.

En el salón había otras once personas sentadas en una amplia mesa redonda. Justo en el centro se encontraban los símbolos de las tres religiones monoteístas.

—Queridos hermanos —comenzó a decir Marco—, nuestro momento ha llegado. Después de siglos de luchar entre nosotros, ahora brindaremos la paz al mundo. La religión no volverá a separarnos jamás, sino nos unirá.

Todos asintieron con la cabeza.

—Todos somos hijos de nuestro padre Abraham, él es el heredero de la promesa. Nosotros reclamamos esa promesa de los patriarcas y antiguos señores de la luz. Es hora de que arranquemos de este mundo a ese Dios mentiroso y cruel que pide un culto exclusivo, ahora que los nuestros gobiernan en casi todo el mundo, que nuestro Mesías está por llegar y que con un solo gobierno podremos por fin terminar con la dictadura de Jehová y todas sus opresoras mentiras.

45

Truhan

Camino de Sebastopol, julio de 1943

Al despertar sintió cómo una profunda angustia le invadía el corazón. Miró a su lado y ya no estaba el cilindro. El muchacho también había desaparecido.

—¡Dios mío! ¿Cómo he sido tan tonto?

El monje se puso de pie y miró por toda la granja abandonada, pero no había ni rastro del joven.

—¿Dónde lo voy a encontrar? Puede haber ido a cualquier parte.

Alexander tomó sus cosas y se dirigió al camino, pidió a Dios que le guiara y continuó su viaje a Sebastopol. Mientras se dirigía a la ciudad, no dejaba de pensar en cómo había fracasado en su misión. El manuscrito del apóstol Juan había estado a buen resguardo todos aquellos siglos, pero ahora estaba a punto de caer en malas manos. Seguramente, aquel chico se lo vendería a los nazis o a los rusos. En ambos casos, se perdería para siempre y con él sus secretos, aunque lo que más temía era que esas potencias oscuras utilizaran sus revelaciones para algo peor, para propiciar el final de los tiempos.

Llevaba unas dos horas de caminata cuando observó a un grupo de soldados alemanes. No eran como los demás. Lucían como los que el chico le había descrito la noche anterior. Se agazapó tras unos arbustos e intentó ver si Bohdan había caído en sus manos.

No tardó mucho en observar que el oficial se encontraba en una tienda de campaña blanca y, por las sombras que proyectaba, una figura estaba sentada y otra de pie. Se acercó algo más y escuchó la conversación.

—No me creo la historia del monje ese. Dices que esto es el manuscrito del Apocalipsis. ¡Qué idea tan estúpida si con esto pretendes salvar la vida! ¡Eres judío! ¿Verdad?

El joven negó con la cabeza. Tenía los brazos y las piernas atados a una silla plegable de campaña.

—No, señor, le digo la verdad. Suélteme, los suyos están buscando ese cilindro. Si se lo da, ganará un merecido ascenso.

El oficial entornó los ojos. Él no quería otro destino: estaba limpiando el mundo de la escoria bolchevique y judía, qué más podía soñar. No era de los que anhelaban un buen despacho en Berlín.

—Me importa poco cualquier ascenso. Simplemente quiero que me digas la verdad.

—Ya se la he dicho, palabra por palabra.

El hombre apoyó las manos en la cadera.

—¿Por qué engañaste a ese pobre diablo?

—Odio a los monjes y a los curas. Ellos son los que han enviado a la gente contra mí…

El nazi sonrió.

—Sabía que eras hebreo, maldita sea. Los huelo a kilómetros a la redonda. Todavía recuerdo cuando estaba en el seminario. Estuve a punto de ser sacerdote. Qué ironía, me hervía la sangre cada vez que veía lo que le habían hecho a nuestro Señor, pero el nacionalsocialismo me abrió los ojos. Ahora sé a quién sirvo, rata asquerosa.

—Ese recipiente tiene poder. El monje me dijo que con él sanó a un niño.

El nazi frunció el ceño y tomó el cilindro de nuevo en la mano.

—Esas son supersticiones de viejas.

—Es real. A mí me pesaba en la mano, como si contuviera una energía muy potente.

El alemán titubeó. Después lo intentó abrir.

—¿Cómo se abre?

En ese momento, un cabo de los Einsatzgruppen entró en la tienda.

—Señor, hemos recibido un mensaje. El mariscal nos pide que acabemos nuestro trabajo y salgamos lo antes posible de la zona. Se teme un avance ruso.

—No tengo miedo a esas bestias. ¿Cuántos hemos matado? ¿Miles, decenas de miles? No son más que ratas.

—Pero…

—Dile al mariscal que se meta en sus asuntos. Nosotros únicamente rendimos cuentas a nuestro Reichsführer, Heinrich Himmler.

El soldado salió de la tienda y se quedaron de nuevo a solas.

—Yo sé abrirlo.

—¿No intentarás uno de tus truquitos de truhan conmigo?

El joven negó con la cabeza.

El hombre le soltó las manos y el chico tomó el cilindro. Lo giró para un lado primero y luego para el otro. Al levantar la tapa, una luz se escapó del manuscrito.

—¿Qué diablos?

Una especie de rayos de luz comenzó a inundar la tienda. El chico aprovechó para desatarse, mientras el nazi contemplaba las luces.

En ese momento, Alexander corrió hacia la tienda y entró. El nazi echó mano de su arma, pero el chico le empujó y cayó al suelo.

Los dos corrieron hacia la salida con el cilindro y el monje lo volvió a cerrar. Escucharon los disparos a sus espaldas y lograron internarse en el bosque. Los nazis organizaron una partida para dar con ellos. Sacaron a sus pastores alemanes e inspeccionaron bien todo el perímetro. Los dos lograron esconderse en un lago y sumergirse mientras los animales pasaban de largo.

Una hora más tarde estaban lejos, Bohdan parecía agotado.

—¿Te encuentras bien?

—No, me alcanzó una bala en el costado.

El monje inspeccionó la herida. Sangraba bastante. Intentó taparla, pero no tenía nada para desinfectarla.

—Será mejor que descansemos un poco.

Se recostaron y el frío de la noche comenzó a helarlos, pero si encendían un fuego los nazis no tardarían en descubrirlos. Al final, el hombre tomó el cilindro y lo acercó a la herida. El chico sintió mucho calor y algo de dolor, pero unos segundos más tarde la herida de bala había desaparecido por completo.

—¡Es un milagro! —exclamó emocionado el joven—. Te pido perdón por haberte engañado. Ahora te ayudaré en tu misión. ¿A dónde quieres llevar el cilindro?

—A Jerusalén.

Aquel joven jamás había salido de Ucrania. Siempre su familia había ocultado su origen judío, pero su abuela y abuelo habían anhelado toda su vida regresar a Jerusalén, la tierra de sus antepasados.

—¡El año que viene en Jerusalén! —dijo el muchacho recordando las palabras de su abuelo.

—No sabes que el día que los judíos vuelvan a casa comenzará la cuenta regresiva en este mundo y regresará el Mesías esperado. Él llenará la tierra de su presencia, enjugará toda lágrima y gobernará con justicia el mundo.

El chico comenzó a llorar.

—¿Qué pasará con los que están muertos?

—Él los resucitará y juzgará, no te preocupes. Jesús es justo y juzgará a cada hombre y mujer según su conocimiento.

El chico respiró hondo y pensó en su familia perdida. Sentía un profundo dolor en el corazón. Después cayó en un profundo sueño. El monje lo tapó con su abrigo y se quedó observando las estrellas. Aquel maravilloso cielo le pareció aún más hermoso aquella noche. Le pidió al cielo que le guardase en el resto del viaje y que llegaran bien a Jerusalén.

46

Mariúpol

Camino de Mariúpol, en la actualidad

La furgoneta seguía a toda velocidad hacia la ciudad portuaria. Se sentían seguros. Hacía tiempo que habían entrado de nuevo en la zona dominada por las autoridades ucranianas.

—Muchas gracias por su ayuda, no sé qué hubiéramos hecho sin usted —dijo Jack al hombre en su idioma.

—Odio a esos rusos, siempre nos han traído desgracias.

—Lo entiendo.

—Parece que no se sacian jamás. Primero todo el Dombás y Crimea, ahora el país entero. Nuestra tierra siempre ha sido muy codiciada. Es fértil. Nos llaman el granero del mundo. En cambio, sus tierras son yermas y estériles como sus almas.

Los traqueteos de aquel viejo trasto estaban mareando a Grace. Dámaris intentó animarla un poco.

—En media hora estaremos en la ciudad. Espero que podamos darnos una buena ducha y quitarnos esta mugre.

La joven intentó sonreír, pero al final se echó a llorar.

—Quiero regresar a casa con mi familia. No imaginaba que esto iba a convertirse en una cacería y que nosotros íbamos a ser las piezas de esos salvajes. ¿No sería mejor dejar ese manuscrito? Creo que está maldito.

Dámaris frunció el ceño.

—¡Ni hablar! No quiero ni imaginar lo que sucedería si cayera en malas manos.

—Todo el mundo conoce su contenido. Hace más de dos mil años que fue publicado.

Dámaris tenía algunas dudas. Sabía que tras tantas transcripciones podía haber algún párrafo perdido, nunca se sabía. Además, el apóstol pudo omitir algunas partes que estaban dirigidas a varias personas específicas y que no debía saber todo el mundo.

—En cuanto lleguemos a Atenas o Tel Aviv, podrás regresar a casa, no te preocupes. Siento que Dios me ha estado preparando toda la vida para esta misión. Cuando comencé mis estudios teológicos, exegéticos y filológicos sobre el libro del Apocalipsis, nadie me entendió. Todos creían que era una de mis famosas excentricidades. Creo que junto al libro de Ezequiel y el profeta Daniel, es uno de los más complejos y difíciles de interpretar.

—Siento haber dicho eso. No sé qué me pasa. Estoy agotada y asustada, no quiero morir —comentó Grace con los ojos llenos de lágrimas.

—Pronto estaremos a salvo.

Escucharon los motores de unos aviones en el cielo y miraron por las ventanillas.

—No creo que nos hagan nada —dijo el anciano tratando de tranquilizarlos, pero uno de los cazas bajó en picado y comenzó a ametrallarlos.

El conductor intentó llegar a un bosque cercano. Sabía que en la espesura no podrían localizarlos, pero el avión lanzó un misil y este comenzó a acercarse. El hombre frenó en seco y el misil explotó justo delante. La onda expansiva levantó el vehículo y los puso panza arriba. Los cuatro ocupantes perdieron el conocimiento mientras el vehículo comenzaba a arder.

El avión los sobrevoló y tras observar que habían sido destruidos siguió al resto de su escuadra.

El fuego comenzó a extenderse por el motor. Si llegaba al depósito de gasolina el auto estallaría por los aires.

47

La Misión

Múnich, en la actualidad

Sam Mark Epprecht disfrutaba haciendo adeptos. Era su mayor contribución a la causa. Muchos creían que él movía los hilos, pero era un simple mortal, en el amplio sentido de la palabra. Desde hacía casi cincuenta años, había conseguido formar una gran hermandad en la que personas de muy diferente tipo y condición perseguían un objetivo común: terminar con el sufrimiento en el mundo. Sabían que para conseguirlo debían desaparecer cuatro quintas partes de la humanidad, las menos productivas y sanas, toda aquella grosura que lo único que hacía era poner más difíciles las cosas.

Aquella inmensa red estaba casi completa. Habían trabajado al mismo tiempo en formar su red religiosa, política, económica y social. Famosos, estrellas del cine, cantantes, reyes, nobles, grandes empresarios, científicos y cualquiera que destacara en algún campo eran sus objetivos. Para cambiar el mundo, había que comenzar con la élite, de eso no cabía ninguna duda. Todas esas ideas unidas estaban enfocadas hacia el Gran Reseteo de la humanidad.

—Estamos empezando —dijo Sam a las cuarenta personas que se encontraban en la reunión—. Por ahora los cambios serán voluntarios, pero si no terminamos imponiéndoles, la humanidad no sobrevivirá al 2050. Debemos dejar de contaminar y deteriorar el planeta. Estamos delante de la cuarta revolución industrial, pero en esta serán las máquinas las que hagan el trabajo. La inteligencia artificial nos ayudará a no cometer tantos errores. Ahora mismo les voy a decir cómo va a ser el mundo en el 2030.

Un murmullo recorrió toda la sala, Sam levantó las manos y todos se calmaron.

—No soy un profeta. Eso se lo dejo a mi buen amigo Marco Pacelli. No poseeremos nada, todos los productos se habrán convertido en servicios. No seremos dueños de nuestras casas o nuestros autos. Los alquilaremos por un tiempo. Ya no se emitirá carbono a la atmósfera. Estados Unidos ya no será la mayor potencia, pero tendremos en su lugar un gobierno mundial más efectivo y justo, que luche por los intereses de todos. La sanidad será efectiva, pero no permitiremos que la gente viva demasiado. Mientras lo hagan, su calidad de vida será excelente gracias a los avances en bioimpresión y otros métodos. No comeremos mucha carne, solo un poquito.

La gente de la audiencia se echó a reír. En el fondo, sabían que eso no iba dirigido a ellos. Era la forma de adoctrinar a las masas.

—Los valores judeocristianos serán superados por fin. Todas esas ideas débiles y pueriles han hecho mucho daño a la humanidad.

—¿De verdad cree que todo eso es posible? —preguntó uno de los miembros de la audiencia, que desde el primer momento no había creído ni una palabra.

—Sí, gracias a internet y las formas rápidas de adoctrinamiento.

—¿Qué harán con los que se opongan?

—Hay muchos métodos. En Canadá ya existen granjas de reeducación para aquellos que no aceptan los nuevos postulados. Están siendo muy efectivas. No puede imaginarse lo que cambia la gente de opinión cuando le dices que no podrá ejercer más su profesión —comentó Sam sonriente.

—No sé si será suficiente, esos comunistas…

—Esa es una de nuestras ideas magistrales. Tenemos gente infiltrada en todos los partidos, pero los que mejor nos sirven son los de extrema derecha y extrema izquierda, las dos caras de la misma moneda. Unos nos permiten cambiar la moral de las personas y los otros nos sirven para meter miedo. Dentro de poco, la gente pedirá un gobierno mundial a gritos.

Todos comenzaron a aplaudir. El hombre que había hecho las preguntas se acercó a Sam después del acto.

—Discúlpeme, pero ahora que los rusos han entrado en una guerra, creo que una parte importante del mundo se está oponiendo a estos cambios.

—La guerra es el mejor vehículo para el cambio, pero sobre todo es un poder que sobrepasa a todos los humanos.

El hombre le miró extrañado.

—¿A qué se refiere?

Sam puso las manos sobre el hombre y este sintió una fuerte sacudida. Después puso los ojos en blanco y en unos segundos la expresión del famoso empresario cambió para siempre.

—Perdone que para usted haya utilizado el método rápido. Algunos necesitan muchas sesiones de reiki, pero no queda mucho tiempo.

El hombre parecía completamente transformado, sus dudas habían desaparecido por completo.

Se unieron al resto del grupo. Muy pronto sería la reunión mundial en Nueva York. En aquel lugar se centraba tanto el mal, que era una gigantesca antena que atraía toda la fuerza negativa del universo.

Todo estaba cumpliéndose al pie de la letra: primero la pandemia que había conseguido atemorizar a toda la población; ahora la guerra; y muy pronto se cumpliría el resto de las señales profetizadas desde tiempos inmemorables. La llegada del anticristo esta vez no podría detenerse.

48

Berlín

Cancillería del Tercer Reich, Berlín, julio de 1943

Heinrich Himmler aún se ponía nervioso antes de ver a Adolf Hitler. No podía evitar sentir por él una mezcla de temor y veneración. El primer día que le escuchó se quedó extasiado: tanto el mensaje como la forma eran brillantes. Él se sentía insignificante, poco más que un mosquito, pero a su lado se veía capaz de cualquier cosa. Ahora que habían llegado tan lejos, parecía que las cosas comenzaban a torcerse.

—¡Adelante! —le dijo el guarda de la puerta.

Himmler atravesó la inmensa entrada y recorrió con paso firme los metros que le separaban de la mesa. Hitler casi nunca trabajaba en la Cancillería. Aquel edificio se había creado para asombrar a los diplomáticos y las visitas oficiales, y de veras lo conseguía.

—Querido Heinrich, te imaginaba por el frente. ¿Te das cuenta de que los rusos avanzan rápidamente?

—Ha llegado la hora decisiva. He estado consultando a nuestros magos y astrólogos y han vaticinado…

—¿Qué han vaticinado tus mentirosos quiromantes?

Himmler pensó muy bien sus palabras antes de contestar.

—Bueno, ellos han dicho que perderemos Rusia y que nuestras tropas retrocederán.

Hitler se puso de pie y comenzó a moverse frenéticamente por la sala.

—Eso es absurdo, yo soy el hombre elegido por la Providencia. En poco más de dos años, hemos conquistado Europa sin apenas bajas.

—Es cierto, pero en la Unión Soviética nos jugamos mucho.

—Lo entiendo, pero… nuestros ejércitos están mejor equipados. Estamos en verano y no en el despiadado invierno ruso. ¡No podemos fracasar! Soy el hombre del destino, lo sabes muy bien.

—Lo hemos confirmado con el teólogo que está encerrado en Dachau. Él nos ha dicho que necesitamos el libro. Mandamos a uno de nuestros mejores agentes sobre el terreno, pero lleva semanas sin dar señales de vida.

Hitler estaba al tanto de la búsqueda del manuscrito del Apocalipsis del apóstol Juan. Aquel libro lo había leído cientos de veces, sobre todo en su juventud y adolescencia cuando todavía era católico.

—Las profecías se cumplirán, yo las cumpliré —dijo Hitler señalando el mapa.

—Las profecías son caprichosas, mi Führer.

—Mandad a más hombres para que recuperen el manuscrito, no escatiméis en recursos. ¿Cuál es vuestro mejor hombre?

—Enviaremos un equipo compuesto por Edmund Kiss, mi mejor arqueólogo, Gerhard Kittel, nuestro teólogo más concienzudo, y un equipo al mando del capitán Krammer.

—Me parece perfecto. Deben regresar con el manuscrito antes de que termine el año.

En ese momento, Hitler comenzó a sentirse muy débil. Además de las numerosas drogas, padecía alguna especie de dolencia que le hacía sentirse muy débil en ocasiones.

En cuanto Himmler se retiró, Hitler se sentó en el sillón y comenzó con sus meditaciones. Llevaba años practicando yoga, su alimentación era vegetariana y era capaz en esos momentos de dejar que le dirigieran sus espíritus guías.

Varios obispos y el papa Pío XII habían intentado realizar varios exorcismos de Hitler a distancia con el apoyo del cardenal alemán Michael von Faulhaber, pero ninguno había logrado surtir efecto. Los espíritus que dominaban a Hitler eran muy fuertes y no podían combatirse en la distancia.

49

La hora

Universidad de Asbury, Kentucky, en la actualidad

El capellán reunió aquella mañana a un número inusitado de jóvenes en aquel servicio. La iglesia apenas solía llenarse en las primeras filas, pero en este caso había gente hasta en el anfiteatro. Un grupo de estudiantes era el encargado de la música. Después él daría un breve sermón.

Le gustó ver en las primeras filas a los jóvenes que habían estado en la capilla durante la liberación del rector, que ahora parecía otra persona. Su cara resplandecía mientras cantaba en el primer banco del templo.

Tras varias canciones en las que podía percibirse claramente la presencia de Dios, Daniel se acercó al púlpito y antes de comenzar a hablar miró a todos los asistentes.

—Yo creía durante mi etapa de estudiante universitario que simplemente me estaba formando para ejercer una profesión. En el fondo, no era consciente de que estaba en juego algo mucho más importante, mi fe. Me había criado en una familia cristiana. Mi padre dejó el alcohol al convertirse y mi casa pasó de ser un infierno de gritos y peleas a un remanso de paz. Mis hermanos y yo nos pasamos la infancia en la iglesia o jugando con los otros niños que venían con sus padres a nuestro grupo de hogar. Para mí, la Biblia y la iglesia eran como respirar. Al llegar a los dieciocho años, me matriculé en la Universidad Estatal de Filadelfia. Mi idea era estudiar Física, hacer una maestría y comenzar a investigar. El cristianismo era una especie de tradición, de adorno, el telón de fondo de toda mi vida. Entonces comencé a juntarme con la gente del campus. No eran malas personas, pero hacían cosas que yo no había hecho jamás. Bebían como cosacos, fumaban, y no precisamente tabaco. Cuando quise darme cuenta, ya había entrado en una espiral de la que era muy difícil salir. Se resintieron mis estudios, después mi propia vida. Cada vez me sentía más solo y triste, a pesar de estar rodeado de gente todo el tiempo y no dejar de ir a fiestas cada vez más salvajes. Un día, tras una de esas fiestas, regresé a mi habitación y pensé en acabar con mi vida. Me sentía tan vacío y falto de propósito. Al final, me puse de rodillas y comencé a orar. Pedí a Dios que me liberara de todo aquello, pero un pensamiento vino a mi mente. "Tu pecado es no tenerme a mí en toda tu mente y en todo tu corazón, el resto son solo las consecuencias".

La audiencia seguía atenta a las palabras del predicador. Él no solía hablar de su vida, la mayoría jamás había escuchado su testimonio.

—En ese momento, entregué mi vida a Cristo y comencé a hablar con mis compañeros. Entré en un grupo cristiano de la universidad y, sobre todo, le hablé a mi amigo Mike. Éramos como hermanos, pero él cada vez estaba peor, más metido en las drogas. Un día, que habíamos quedado para cenar, no se presentó. Apareció a medianoche, parecía muy triste. Le dije que iba a orar por él y accedió, pero en cuanto comencé su rostro cambió y también sus palabras. Mi amigo estaba poseído por un espíritu maligno. Logré después de una hora liberarlo, pero vi una dimensión de la espiritualidad que hasta ese momento desconocía. La palabra de Dios dice que:

> Y yo también te digo, que tú eres Pedro, y sobre esta roca edificaré mi iglesia; y las puertas del Hades no prevalecerán contra ella. Y a ti te daré las llaves del reino de los cielos; y todo lo que atares en la tierra será atado en los cielos; y todo lo que desatares en la tierra será desatado en los cielos. Entonces mandó a sus discípulos que a nadie dijesen que él era Jesús el Cristo.

La gente parecía muy sorprendida por las palabras del predicador.

—Nuestra lucha no es contra carne ni sangre. En la época de Jesús, la actividad demoniaca se desató. Las huestes del mal sabían que él era el Mesías anunciado y que si cumplía su misión, sería el comienzo de su final. Por eso lo impidieron a toda costa. Manipularon a los líderes religiosos endureciendo sus corazones, también a los romanos, y pusieron en contra al pueblo, hasta que este pidió su crucifixión. Ahora que se acercan los últimos tiempos, vamos a ver que la actividad demoniaca también se acrecienta. El regreso del Señor está cerca. La única manera de combatir el mal es con oración y ayuno, pero también con el arrepentimiento de pecados y la humillación ante nuestro Dios.

El predicador hizo un largo silencio y comenzó a recitar el texto de Crónicas:

> Y apareció Jehová a Salomón de noche, y le dijo: Yo he oído tu oración, y he elegido para mí este lugar por casa

de sacrificio. Si yo cerrare los cielos para que no haya lluvia, y si mandare a la langosta que consuma la tierra, o si enviare pestilencia a mi pueblo; si se humillare mi pueblo, sobre el cual mi nombre es invocado, y oraren, y buscaren mi rostro, y se convirtieren de sus malos caminos; entonces yo oiré desde los cielos, y perdonaré sus pecados, y sanaré su tierra. Ahora estarán abiertos mis ojos y atentos mis oídos a la oración en este lugar; porque ahora he elegido y santificado esta casa, para que esté en ella mi nombre para siempre; y mis ojos y mi corazón estarán ahí para siempre. Y si tú anduvieres delante de mí como anduvo David tu padre, e hicieres todas las cosas que yo te he mandado, y guardares mis estatutos y mis decretos, yo confirmaré el trono de tu reino, como pacté con David tu padre, diciendo: No te faltará varón que gobierne en Israel.

Mas si vosotros os volviereis, y dejareis mis estatutos y mandamientos que he puesto delante de vosotros, y fuereis y sirviereis a dioses ajenos, y los adorareis, yo os arrancaré de mi tierra que os he dado; y esta casa que he santificado a mi nombre, yo la arrojaré de mi presencia, y la pondré por burla y escarnio de todos los pueblos. Y esta casa que es tan excelsa, será espanto a todo el que pasare, y dirá: ¿Por qué ha hecho así Jehová a esta tierra y a esta casa? Y se responderá: Por cuanto dejaron a Jehová Dios de sus padres, que los sacó de la tierra de Egipto, y han abrazado a dioses ajenos, y los adoraron y sirvieron; por eso él ha traído todo este mal sobre ellos.

En ese momento, una chica corrió hacia el altar, se puso de rodillas y comenzó a llorar. La siguieron otras dos. Susan fue la primera de las gemelas en levantarse, pero enseguida la siguió Ruth. Un minuto más tarde, algo más de treinta personas estaban orando y llorando.

Los músicos tocaron una melodía suave y el capellán bajó para orar por la gente. El rector y otros jóvenes le ayudaron. La gente confesaba sus pecados. Muchos de ellos eran restaurados y otros, por primera vez, entregaban sus vidas a Cristo.

Tras más de dos horas orando, la gente permaneció en el templo y otros muchos vinieron a unirse al enterarse de lo que estaba sucediendo.

Cuando Daniel se acercó a orar por Susan, sintió que Dios le hablaba:

—Tu madre corre un grave peligro. Tiene un manuscrito que el diablo no quiere que salga a la luz. Tendremos que orar muy fervientemente para que Dios la libre de todo mal.

La chica miró al capellán y le confesó:

—Primero hágalo por mí. Desde que mi padre murió he estado muy enfadada con Dios.

Su hermana la abrazo y las dos chicas comenzaron a llorar. Cuando Daniel levantó la vista vio cómo la luz inundaba todo el templo. Algo nuevo estaba sucediendo, tal vez el último avivamiento de la historia de la humanidad.

50

Colapso

Nueva York, en la actualidad

Jared Berkowitz llevaba esperando el colapso mucho tiempo, pero no se produjo cuando él pensaba. Aún la humanidad no estaba lista para someterse a su dominio. Tras la pandemia y la guerra, vendría la escasez y entonces los gobiernos de todo el mundo solicitarían a las Naciones Unidas su colaboración para crear un gobierno mundial más efectivo. Su plan era crear esa agenda globalista que, con la excusa de los grandes problemas del medioambiente, la explotación de recursos y el cambio climático, permitiera que se crearan leyes mundiales que limitaran las libertades de movimiento y expresión y la libertad de los individuos. Era el viejo truco de utilizar problemas reales para fines espurios, lo mismo que había hecho Adolf Hitler con el deseo de revancha de los alemanes y la falsa idea de puñalada en la espalda de los enemigos del Reich.

Jared estaba preparando el congreso que en unos días se celebraría en la ciudad. Amaba Nueva York, ya que representaba todo lo decadente e inhumano que podía llegar a ser el ser humano. Individualismo, ambición, materialismo y lujo eran sus señas de identidad. En la ciudad, todo el mundo parecía estar ocupado para preocuparse de su vida espiritual, aunque se pasaban el día adorando a los grandes ídolos del pasado: dinero, poder, sexo y ego. De cada una de estas cosas se ocupaba un demonio, al menos así se lo había enseñado su maestro, un viejo jesuita que trabajaba para el lado oscuro. Aquellos cuatro demonios eran los reyes de la ciudad y nada se movía ni se hacía sin que ellos interviniesen.

Jared miró por la ventana de su rascacielos en el número 666 y vio las luces que comenzaban a encenderse en aquellos monstruos de cristal y acero, como torres de Babel modernas, intentando llegar a los cielos. Sam Mark Epprecht y Marco Pacelli se dirigían a Manhattan. Nunca habían estado los tres juntos, por seguridad y discreción, pero debían inaugurar un nuevo complejo del Templo Abrahámico en la ciudad y preparar todo para la reunión en la que estarían las personas más poderosas del planeta. La guerra en Ucrania era su forma de avisar al resto de socios de las consecuencias de aceptar su agenda, aunque tan solo unos pocos conocían la verdad. Sus hombres estaban en ambos lados, como siempre había sido, moviendo los hilos de la humanidad y permitiendo que el final de los tiempos se acercase.

En aquel momento entró en la sala su esposa con los niños. Estos corrieron hacia él y le abrazaron. Su esposa se acercó lentamente y lo besó en las mejillas.

—¿Cómo estás, querida?

—De compras, pero hemos pasado a saludarte.

—Un detalle por tu parte. Hoy llegaré tarde a cenar.

Jared parecía un padre y esposo ejemplar, pero en el fondo todo aquello no era más que otra fachada.

—No te preocupes, ya estoy acostumbrada.

Se volvieron a besar. Los niños se despidieron del hombre y este se quedó algo meditabundo. Su corazón frío y arrogante era incapaz de sentir la más mínima brizna de amor o compasión, aunque lo disimulaba. Sabía que debería sacrificar a todos ellos en la hoguera de su propia ambición, cosa que no le importaba lo más mínimo. Al fin y al cabo, durante miles de años, en todas las civilizaciones antiguas se habían ofrecido a los primogénitos como sacrificio a los dioses. En el fondo a su padre Satanás y a nadie le había parecido mal. Ya era el momento de que regresaran las viejas costumbres: que a lo malo se le llamase bueno y a lo bueno malo.

51

Gerhard

Camino de Sebastopol, julio de 1943

Alexander no sabía que los nazis habían enviado a nuevos hombres para cazarlos. Bohdan y él estaban a punto de llegar a Sebastopol. Allí tendrían que encontrar a alguien dispuesto a cruzar el mar Negro y llevarlos hasta Palestina. Sabía una forma de convencer a los marineros. Se había guardado algunas piezas de oro de su antiguo monasterio por si las necesitaba en algún momento.

Lograron caminar una jornada completa sin encontrar problemas. Los nazis estaban preparando una gran ofensiva contra los soviéticos y concentrando a todas sus tropas en el este. Por lo que había escuchado, por fin los bolcheviques comenzaban a frenar el avance alemán y, con la ayuda de material norteamericano, estaban dispuestos a revertir el curso del conflicto.

Bohdan parecía milagrosamente restablecido de su herida y, lo que era más importante, impresionado por el poder de aquel cilindro misterioso.

—¿Por qué no me dijiste que eras judío?

—No lo soy. Mis padres apostataron para escapar de las continuas persecuciones, aunque no sé hasta qué punto uno deja de serlo nunca. En el fondo es como una especie de maldición.

—Lo lamento, sé que en algunas épocas de la historia, el cristianismo oficial ha sido especialmente cruel con ustedes, como si no supieran que Cristo era judío.

—Es una de esas ironías de la historia —dijo el muchacho.

Llegaron a las inmediaciones de Sebastopol y se agazaparon para ver el cerco de vigilancia que habían instalado los nazis. La ciudad parecía casi inexpugnable. No podrían entrar sin ser detectados.

—Creo que es mejor que vayamos a uno de los pueblos pesqueros más cercanos. Por aquí es imposible pasar.

El chico se puso de pie y siguió al monje. Tres horas más tarde, vieron un pequeño pueblo a orillas del mar. Era un día perfecto para acercarse al agua. Alexander no sabía cuánto tiempo llevaba sin ducharse ni cambiarse de ropa. El agua salada no era la mejor forma de quitarse la mugre, pero al menos dejaría de oler tan mal.

—¡Voy a meterme al agua! —gritó mientras corría hacia la orilla. El muchacho se quedó cuidando las cosas. Nunca antes había visto el mar y no se fiaba demasiado de las olas.

Mientras Alexander intentaba relajarse en el agua, no pudo percatarse de que varios vehículos se aproximaban por la carretera. Los vehículos frenaron en seco y descendieron una decena de soldados. Cuando Bohdan se dio cuenta, era demasiado tarde.

Alexander miró hacia la orilla y contempló a los alemanes rodeando al chico. Pensó en escapar, pero además de inútil era imprudente. El cilindro se encontraba entre sus ropas.

Los nazis no dejaron de apuntarle cuando salió del agua. Tres oficiales le miraron con cierta curiosidad. A pesar de llevar uniforme de las SS, no parecían tan peligrosos como el resto.

—Imagino que usted es Alexander Melnik. ¿Estoy en lo cierto? Mi nombre es capitán Krammer. Queda detenido por orden del Führer Adolf Hitler.

—No se preocupe por su seguridad, nosotros garantizamos su vida —comentó uno de los oficiales, el que parecía de más edad—. Me llamo Gerhard Kittel.

Alexander reconoció el nombre. Era un famoso teólogo alemán que en los últimos tiempos había simpatizado con Hitler.

Los alemanes los llevaron hasta los vehículos. El chico fue en uno con los escoltas y él, con los tres oficiales.

—Iremos a Sebastopol. Desde allí viajaremos a los Alpes y allí se entrevistará con el Führer —le dijo el famoso arqueólogo Edmund Kiss.

—No saben lo que tenemos entre manos. Si su líder se hace con el cilindro, el futuro de la humanidad habrá terminado.

Kittel le hizo un gesto para que no siguiera hablando y el monje agachó la cabeza y no abrió la boca durante el resto del trayecto.

Una hora más tarde llegaron a Sebastopol. Los llevaron hasta la base naval. Permanecerían allí unas horas hasta que el avión estuviera preparado para transportarles a Alemania.

Pusieron a Alexander en un cuarto y a Bohdan en otro. Les dieron algo de comer y beber. El monje pudo cambiarse de ropa y se quedó dormido. Un par de horas más tarde, escuchó que se abría la puerta. En el umbral vio a Gerhard.

El teólogo se acercó a él y se sentó en el borde de la cama.

—Lamento mucho todo esto. Nadie puede oponerse a Hitler en Alemania. Le aseguro que al principio pensé que era la salvación para todos nosotros. Tras la guerra, la decadencia moral de los jóvenes era increíble. Las chicas se prostituían y en los *cabarets* se hacían los espectáculos más aberrantes. Los comunistas intentaron tomar el poder en varias ciudades. Alemania se estaba deshaciendo y los políticos parecían echar más leña al fuego. El nacionalsocialismo pareció, al principio, un viento recio que limpiaba el aire viciado del Reich, pero no sabíamos que estábamos vendiendo nuestra alma al diablo, y no estoy hablando metafóricamente. Creo que ese hombre y algunos de sus colaboradores principales están endemoniados. Muchos creyentes dicen que es el mismo anticristo.

Alexander lo miraba asombrado.

—¿Y usted qué piensa?

—No cumple algunos de los requisitos. Por ejemplo, no es judío.

—He escuchado que su abuelo paterno sí lo era —contestó Alexander.

El teólogo no supo qué responder. Carraspeó y después enseñó al monje el cilindro.

—¿Piensa que este es el manuscrito original del Apocalipsis?

—Sin duda.

—¿Ha descubierto algo diferente en él con respecto a los publicados hasta ahora?

—Sí, algunas frases sueltas, no mucho, pero creo que podría ser importante.

El teólogo alemán comenzó a tocarse la barbilla.

—¿Qué dicen esos párrafos?

—Bueno, yo no lo he leído entero. Le cuento lo que me dijo el antiguo bibliotecario.

—Entiendo, tenemos que poner a salvo el manuscrito. El avión que sale en una hora nos llevará hasta Salzburgo. Unos amigos intentarán engañar a los soldados y llevarnos a Suiza. ¡Que Dios nos proteja!

Alexander se quedó sorprendido ante las palabras del hombre. Era como si Dios les estuviera protegiendo constantemente.

52

Bogatov

Mariúpol, en la actualidad

El auto estaba ardiendo y los cuatro ocupantes comenzaron a ahogarse por el humo. Jack intentó romper con el pie la ventanilla, pero no lo consiguió. Las puertas estaban aplastadas y no había forma de salir de allí. El anciano tenía la cabeza cubierta de sangre y gemía levemente mientras las llamas estaban acercándose a la cabina. Dámaris logró soltarse el cinturón, se cayó sobre el techo y logró reanimar a Grace y soltarla. Su amigo se encontraba en la parte delantera.

Dámaris abrió una de las puertas y empujó a Grace fuera. Después intentó soltar a Jack, pero el cinto no cedía.

—El auto va a explotar, sal de aquí.

—No te voy a dejar morir así.

Dámaris insistió con el cinturón hasta que al final cedió. Jack se giró y tiró del anciano, pero tenías las piernas atrapadas.

—Está bien, hijo. He tenido una vida larga y feliz. Marchen en paz.

Jack comenzó a llorar, soltó la mano del anciano y salió del auto justo después de Dámaris. En cuanto se alejaron unos pocos metros, el vehículo saltó por los aires.

Los tres se sentaron bajo la sombra de un árbol mientras contemplaban cómo ardía el auto.

—¿Tienes el cilindro? —le preguntó Jack a su amiga.

—Sí, no te preocupes, aunque a veces desearía perderlo de vista.

—Te entiendo.

Grace tenía las manos apoyadas en las sienes, parecía totalmente ida.

—Tenemos que seguir —dijo Jack.

Se puso de pie con dificultad por la herida de la pierna y después ayudó a las dos mujeres.

Caminaron durante un par de horas, pero no lograron avanzar mucho. Estaban muy cansados y doloridos. No tenían comida ni agua. A medida que se acercaban a la ciudad había más signos de civilización, pero las casas habían sido abandonadas, como si aquella gente se estuviera preparando para el avance de los rusos.

Llegaron hasta una granja abandonada y tomaron algo de agua. Vieron unas latas de frijoles y se las comieron frías. No tenían con qué calentarlas. Estaban a punto de continuar su camino cuando escucharon un helicóptero.

Los tres se escondieron en la casa de nuevo y esperaron a que pasara, pero ocho hombres descendieron por unas cuerdas y comenzaron a registrarlo todo.

—Son otra vez los rusos —le susurró Dámaris a Jack.

—Intentemos salir por la parte trasera. El bosque está al otro lado del campo de cultivo.

Se escabulleron por la parte de atrás y lograron caminar unos cien metros sin ser detectados, pero al final uno de los comandos dio la voz de alarma. Corrieron con todas sus fuerzas, pero los soldados eran mucho más rápidos. Antes de que llegaran a la espesura, los tres habían sido capturados.

El helicóptero aterrizó en la esplanada y los subieron rápidamente al aparato. Les colocaron unos capuchones negros y durante una hora el helicóptero marchó hacia el este.

Cuando aterrizaron en la base, los sacaron a toda velocidad, los llevaron hasta el interior y los sentaron en unas sillas. Les quitaron los capuchones y pudieron ver enfrente a un hombre de rasgos fuertes, de algo más de sesenta años, que vestía uniforme a pesar de no parecer un militar.

Samuil Bogatov se cruzó de brazos y se apoyó en el filo de la mesa.

—Creo que ya es hora de que dejen de jugar al ratón y el gato. Esos chechenos son unos salvajes, malas bestias, como los afganos, pero nuestro presidente los usa como carne de cañón. Mykola es un inepto. Ahora el presidente sabrá con quién puede contar en realidad, pero antes de que se los entregue, tengo que saber qué es tan importante para que se hayan tomado tantas molestias.

Los tres se miraron sin saber qué decir.

—No hemos podido examinar a fondo el manuscrito ni verificar que es auténtico. Creemos que es el manuscrito del Apocalipsis —contestó Jack al jefe del grupo.

—¿Un libro de la Biblia? ¿Por eso tanto alboroto? Pensé que se trataba de algún arma secreta o algo así. Tenemos una guerra que ganar y no estamos para estas tonterías.

Dámaris creía que era mejor que aquel hombre pensara de aquella manera. No pensaba rebatirlo, pero uno de sus asesores se acercó a él y le dijo algo al oído.

—Esto lo cambia todo —comentó en voz alta—. ¿Creen que ese libro señala de verdad el final de los tiempos?

—Me temo que sí —comentó Jack—. Esta guerra no es por casualidad. Ha sido provocada para propiciar el fin del mundo.

Bogatov tomó el cilindro con la mano y lo abrió. De repente, la habitación se llenó de luz y el corazón de todos los que lo contemplaban, de un profundo temor.

53

La reunión

Nueva York, en la actualidad

La reunión se celebró en el hotel más lujoso de la ciudad. La mayoría de los asistentes proclamaban a los cuatro vientos la necesidad de no derrochar recursos y ahorrar energía, pero parecía que eso no contaba en su caso. Los invitados principales eran los cincuenta presidentes más influyentes del mundo, los veinte empresarios más ricos, los dueños de los bancos más poderosos y miembros destacados de la ONU, el Banco Mundial, el Fondo Monetario Internacional y la OMS. La reunión era a puerta cerrada y los medios creían que todos aquellos hombres poderosos se encontraban en la ciudad por la crisis que estaba provocando la situación de Rusia.

El anfitrión era Sam Mark Epprecht, aunque el evento estaba auspiciado por una de las empresas de Jared Berkowitz y la ONG de Marco Pacelli.

—Quiero darles la bienvenida a todos ustedes. Estamos ante una crisis de repercusiones sin precedentes. La guerra con Rusia va a subir los precios de los carburantes y el gas, por no decir que la inflación va a dispararse, lo que puede dañar a la mayoría de las economías. Estados Unidos y Europa han aguantado mejor el embate de la pandemia, pero Hispanoamérica, África y buena parte de Asia están colapsando. Sus gobiernos no son capaces de mantener el orden público ni gobernar su economía. Si Estados Unidos y Europa entran en recesión, el mundo podría colapsar. La crisis climática es acuciante. Se han multiplicado los desastres naturales: inundaciones, incendios imparables, sequías, lluvias torrenciales. Incluso el núcleo de la tierra ha dejado de girar. Hasta ahora hemos sido muy comprensivos con la población, pero ellos no saben lo que les conviene, nosotros sí. Nuestros expertos nos han informado (tienen toda la documentación en esas *tablets*) que nos quedan, como mucho, diez años. Si no frenamos a tiempo, no serán capaces de prever qué sucederá. El colapso será absoluto y ya no podremos salvar a la humanidad.

Los asistentes se movieron incómodos en sus asientos, pero nadie interrumpió a Sam.

—Además, las guerras interreligiosas se están multiplicando, por no hablar de la superpoblación, la contaminación y el difícil acceso al agua potable. Es hora de que actuemos. El tiempo se agota.

El presidente de Estados Unidos dejó su *tablet* sobre la mesa y le preguntó a Sam:

—¿Qué nos sugiere que hagamos?

El hombre sonrió ante la pregunta.

—Vamos a realizar una triple actuación. Proponer ante la ONU un gobierno de la Tierra. Estaría presidido por un hombre capaz y sabio que nos llevará de nuevo hacia un rumbo adecuado. La asamblea de la ONU se constituiría en el parlamento del planeta y el Tribunal de la Haya, en el mayor órgano de justicia del mundo. La segunda propuesta sería unificar a todas las religiones en una, la Casa de la Familia Abrahámica. En ella convivirían las tres grandes religiones, el resto estarían prohibidas. Por último, el comercio se vería controlado por el Banco Mundial y el Fondo Monetario Internacional. Todos los ciudadanos del planeta deberían llevar un código para que se les permitiera trabajar, comprar, vender o moverse.

Se hizo un incómodo silencio, hasta que el presidente de España tomó la palabra.

—Pero habría que llevar todas estas medidas a referéndum país por país. Eso podría tomar décadas.

—No hay tiempo, señor presidente. La vida del planeta está en juego.

PARTE 3

JERUSALÉN

54

Avivamiento

Universidad de Asbury, Kentucky, en la actualidad

Las gemelas habían asistido a todos los cultos en los últimos días. Oraban intensamente por su madre, pero seguían sin tener noticias de ella. En Ucrania la situación empeoraba cada vez más. La embajada no sabía nada de ella ni de la amiga con la que había llegado a Kiev.

Susan y Ruth fueron a ver al capellán después de la reunión. Le querían pedir que incluyera a su madre en los temas de oración de la iglesia de la universidad.

Daniel Start estaba frente al ordenador del despacho parroquial cuando escuchó que tocaban a la puerta.

—¡Adelante!

—Perdone que le molestemos, queríamos hablarle otra vez sobre mi madre. Seguimos sin tener noticias de ella. No sabemos qué hacer.

El hombre dejó el teclado y las miró. En su rostro podía verse claramente las huellas de la desesperación.

—Vamos a convocar una vigilia para cosas importantes esta noche, entre ellas, para que Dios traiga un avivamiento para América. ¿Por qué no vienen?

Las dos chicas se miraron una a otra. Tenían un examen al día siguiente, pero lo llevaban bastante bien.

—Pasaremos, muchas gracias.

—Hay algunas cosas que solamente se pueden conseguir de rodillas y la mayoría de las batallas están a una oración de cumplirse.

Cuando se quedó a solas, el capellán regresó a lo que estaba haciendo. Llevaba meses siguiendo algunas noticias preocupantes, sobre todo el intento de ir implantando una especie de religión universal. Él no tenía nada en contra de las creencias de los demás, pero que personas tan influyentes e importantes parecieran ponerse de acuerdo en temas tan complejos le extrañaba.

En ese momento llamó a la puerta otra persona. Era muy difícil ser capellán en una universidad: los alumnos necesitaban ayuda a cualquier hora del día o de la noche.

—Sí, ¿quién es?

Asomó por la puerta Tim Edgmon, uno de sus mejores amigos. Ambos habían estudiado en el mismo seminario. Ahora Tim era profesor de Filosofía y llevaba una iglesia pequeña a las afueras de la ciudad. Ambos habían evolucionado teológicamente de forma distinta, pero conservaban una gran amistad.

—¿Se puede?

—Adelante, amigo —dijo mientras se ponía en pie y le daba un gran abrazo.

—Me he enterado de que el campus está muy alterado, que las reuniones en la capilla están siendo muy animadas —dijo Tim con cierta sorna.

Él había evolucionado hasta un cristianismo racionalista en el que los milagros y las manifestaciones sobrenaturales eran meros artificios.

—Bueno, el hombre propone y Dios dispone. Hubo una escena muy fuerte el otro día en la capilla, pero, aunque te la contara, no me vas a creer.

Tim entornó lo ojos. Él creía que el tiempo de los milagros y las señales había quedado para los tiempos de Jesús. En la actualidad, Dios había permitido el desarrollo de la ciencia.

—Bueno, ¿para qué has venido?

Su amigó se sentó y le puso un audio. En el breve mensaje se escuchaba una charla entre un prominente jerarca de la iglesia y un famoso empresario. Al parecer, ambos hablaban de una importante reunión en Nueva York y sobre la necesidad de un nuevo orden mundial.

—¿Qué te parece?

Daniel fue el que miró a su amigo con cierto escepticismo.

—Ahora la inteligencia artificial puede imitar voces. Cada vez es más difícil diferenciar entre lo que es cierto y los simples bulos. Ya sabes todo lo que pasó con las vacunas. La confusión está en todas partes.

—Ya, pero el que me ha enviado el mensaje lo grabó él mismo. Es el pastor Larsson. Estaba cerca del cardenal y cuando comenzó a escuchar la conversación se puso a grabar. Al parecer, esto es solo el principio. Tiene varias como esta. Algo gordo se está cociendo en la sede de la ONU.

—Tú sabes que yo soy dispensacionalista. El ser humano ha pasado por siete dispensaciones: la primera fue la inocencia antes de la caída, después la conciencia, más tarde el gobierno humano, la promesa, el Éxodo, la ley, la gracia y ahora espero el reino *millennial*. Creo que al final Cristo volverá para reinar. Ninguno de nosotros puede variar ese plan.

Tim se cruzó de brazos.

—Durante la historia, muchas veces se ha predicho el fin del mundo. Los primeros cristianos pensaban que era inminente, sobre todo Pablo y Pedro. El apóstol Juan llegó a decir en su primera epístola: "Hijitos, es la última hora, y así como oísteis que el anticristo viene, también ahora han surgido muchos anticristos; por eso sabemos que es la última hora".

—No está hablando del fin total. Él mismo dice que han salido muchos anticristos, no el de los últimos tiempos.

Tim no creía que la interpretación del Apocalipsis fuera literal. Más bien, veía en el libro cientos de simbolismos que eran muy difíciles de analizar.

—Lo entiendo. Conozco tu postura, pero los padres de la iglesia y los apóstoles sí lo interpretaron literalmente. Pablo habla de ellos a los tesalonicenses: "Que nadie os engañe en ninguna manera, porque [no vendrá] sin que primero venga la apostasía y sea revelado el hombre de pecado, el hijo de perdición, el cual se opone y se exalta sobre todo lo que se llama dios o [es] objeto de culto, de manera que se sienta en el templo de Dios, presentándose como si fuera Dios". El hombre de pecado es el anticristo.

—Hay muchos "hombres de pecado", como el propio Nerón o Diocleciano, que persiguió a Juan y a sus discípulos.

—Ya lo sé, Tim, pero el texto en este caso se refiere al "hijo de perdición". El diablo imita a Dios y él quiere tener su Trinidad particular. Un falso Cristo, un falso Espíritu y un falso Dios, que es él mismo.

—Esos son meras conjeturas.

—Mira, amigo, tú estás preocupado por una conspiración mundana, pero yo creo que lo que te han mandado es algo mucho más espiritual y profundo. Esas grabaciones hablan de los primeros pasos para la manifestación del anticristo. Tienes que estar preparado y advertir a tu iglesia.

—¿Estás de broma? El final de los tiempos será simplemente la consecución del reino de Dios.

—Cuando el anticristo gobierne, obligará a todos a que le adoren. Levantará su estatua en un templo levantado para él en Jerusalén. Nadie podrá comprar ni vender si no se marca su nombre, el 666.

Tim se echó a reír.

—Esas son las fábulas que nos contaban en las escuelas dominicales, cuando éramos adolescentes, como la película *Como ladrón en la noche*, que atemorizó a toda una generación. Todo eso es ciencia ficción y de la mala.

Daniel no se alteró, estaba acostumbrado a escuchar aquel tipo de comentarios. Esas ideas se habían extendido en muchas iglesias y en la mente de buenas personas.

—No lo son.

—Ya sabes, porque lo has estudiado, que el famoso 666 en números romanos es DCLXVI. Este acrónimo significa: "Domitius (Domicianus) Caesar Legatos Xristi Violenter Interfecit", que traducido es: "Domicio (Domiciano) César Mató Violentamente a los Legados (Enviados) de Cristo". Otros creen que "Domicio" es el nombre del emperador Nerón antes de ser adoptado por el emperador Claudio como hijo suyo. Juan estaba hablando de la persecución que estaba sucediendo en el Imperio Romano y, en especial, entre las iglesias de Asia Menor. Por eso nombra a siete iglesias concretas con siete pastores reales.

—Lo sé, pero el 666 puede ser muchas más cosas, como la suma del título que el papa tiene en la famosa y falsa Donación de Constantino "Vicarius Filii

Dei", que en numeración romana es: VICarIVs fILII DeI (5+1+100+1+5+1+50+1+1+500+1) = 666. Justo daría también 666. Yo en el fondo creo que no está refiriéndose a un nombre. Pero imagina que con ese número no podrá comprarse ni venderse en griego WWW, que significa World Wide Web y se escribe con el número VI, tres 666. Ahora mismo, si los gobiernos quieren y ponen únicamente una moneda virtual, como ya pasa en Dinamarca y quieren implantar en China, sabiendo tu IPE podrían impedirte comprar o vender. Estamos en una época de la historia en la que ya eso es posible.

Tim se quedó pensativo, pero luego contestó.

—Juan se refería a que si no rendías culto al emperador, la bestia, que era el Imperio Romano, no podías hacer negocios, ya que todos los gremios exigían este culto para que pudieras pertenecer a ellos.

Daniel sabía que era inútil tratar de convencer a su amigo: era una cuestión de fe y no de números.

—Lo único que te pido es que tengas cuidado y ores mucho. ¿Lo harás, amigo?

Tim se encogió de hombros.

—Eso ya lo hago, lo sabes de sobra, pero alguien debería parar los pies a esta gente.

—Nuestra lucha no es contra carne ni sangre. Tampoco debemos apoyar como cristianos a un presidente o gobierno que defienda nuestros intereses, ya que nuestro reino no es de este mundo.

Tim se puso de pie y se quedó parado unos instantes.

—Hay una cosa que no puedo negar: vienen tiempos turbulentos y espero que Dios los acorte por amor a los suyos.

El hombre salió del despacho y se marchó con pasos cortos, como si fuera cavilando hacia su auto. Aquella vez se había quedado más pensativo que las otras. Esperaba que su amigo no tuviera razón, pero también temía que la tuviese.

Daniel miró a la cruz que tenía sobre la mesa. Sabía que era el tiempo de que el Pueblo de Dios se volviera a él. Esperaba que los jóvenes fueran los primeros en hacerlo, porque el juicio de Dios siempre comienza por su casa.

55

ONU

Nueva York, en la actualidad

La Organización de las Naciones Unidas fue fundada el 25 de junio de 1945, pero no comenzó a operar hasta octubre de aquel mismo año. La nueva organización venía a sustituir a la antigua Sociedad de Naciones creada tras la Primera Guerra Mundial, pero que no había podido evitar la segunda. A diferencia de la primera, uno de sus principales benefactores había sido Estados Unidos, pero la Guerra Fría entre las dos grandes potencias parecía abocarla al fracaso desde el principio. La creación del llamado Consejo de Seguridad, en el que varias potencias tenían asiento permanente y derecho de veto, permitió que la organización sobreviviera, aunque desde el principio había perdido sus principales cometidos: mantener la paz y el equilibrio de poder entre los países más poderosos y los más débiles. A pesar de estas limitaciones ejecutivas, la ONU, durante sus setenta y ocho años de existencia, había creado una inmensa red de organizaciones que controlaban a su vez la economía, la salud o el desarrollo de muchos países.

El secretario general miró la propuesta que le ofrecían Sam Mark Epprecht, Marco Pacelli y Jared Berkowitz, firmada por setenta presidentes, casi la mitad de los componentes de la organización y algunas de las personas más influyentes del planeta, y no supo qué decir. Sobre el papel, el plan parecía magistral, pero el mundo estaba atravesando una crisis sin precedentes tras la invasión de Rusia a Ucrania, la inflación estaba desbocada y decenas de países estaban pidiendo ayuda a las distintas agencias de la organización.

—Este plan podría aplicarse a diez años vista —dijo por fin.

Sam fue el primero en reaccionar.

—Dentro de diez años, el mundo tal y como lo conocemos no existirá. Ya ha visto que el resto de las agendas han fracasado. Ya no hay tiempo que perder.

—Ya, señor Epprecht, pero todos los países tienen sus parlamentos, sus leyes, por no hablar del caso especial de la Unión Europea.

—¿No ha visto las firmas del presidente de la Comisión Europea y del presidente del Parlamento Europeo?

El hombre frunció el ceño. Había sido nombrado Premio Nobel de la Paz veinte años antes en Nigeria por su labor en pro de la reconciliación nacional. Era un hombre religioso y todo aquello no les gustaba demasiado. Aquellos hombres querían saltarse todas las reglas y, sobre todo, la más importante, la soberanía de las naciones a dirigir su destino.

—Puedo ponerlo a debate en el parlamento, crear una comisión…

—No hay tiempo, ya se lo hemos dicho —comentó Marco Pacelli.

—Estas cosas han de hacerse con tiempo. Es el proceso habitual.

En ese momento, Jared dejó una carpeta sobre la mesa.

—Tal vez esto le haga reflexionar.

El hombre frunció el ceño y tomó la carpeta sencilla de cartón marrón, la abrió y se quedó sorprendido al ver lo que había en su interior. Estaba él con dos jóvenes prostitutas en Suiza durante la Cumbre de Davos del año anterior.

—Pero ¿qué es esto?

—Dígamelo usted, un hombre casado, abuelo y Premio Nobel —comentó Sam sin poder evitar una risa irónica.

—¿Qué quieren que haga?

—Que lleve la propuesta a votación, incluyendo la candidatura de Jared Berkowitz.

—Eso es imposible. Al menos tendríamos que dar la oportunidad a otros candidatos.

Jared adelantó el cuerpo y agarró de la corbata al secretario general.

—La votación tiene que ser esta misma semana. Ya nos encargaremos nosotros de que los miembros de la asamblea general y los jefes de gobierno acepten las propuestas.

El secretario general firmó los documentos. Después le dejaron a solas con aquella carpeta sobre la mesa. Pensó varias veces en terminar con todo. Por su deshonra había vendido su alma al diablo, pero pensó en su familia, en el escándalo que se desataría, y comenzó a rezar.

—¡Dios mío, perdóname! ¡Dios mío, perdóname!

56

Cronología

Mariúpol, en la actualidad

Los tres explicaron brevemente a Bogatov lo que describía el libro del Apocalipsis.

—Nunca había escuchado esa historia. La verdad es que me crie en la atea Unión Soviética. Tras la caída de los bolcheviques, me bauticé en la Iglesia ortodoxa, pero, como la mayoría de los rusos, no sé ni qué creo.

—Pues el apóstol Juan lo describió de una forma clara, pero antes las había predicho el mismo señor Jesucristo en el Monte de los Olivos poco antes de su muerte en la cruz. Jesús fue muchas cosas. Además de maestro, predicador y sanador, Hijo de Dios y sacrificio por la humanidad, también fue profeta. Predijo la destrucción del templo que Herodes estaba terminando en ese tiempo, cosa que sucedió en el año 70 después de Cristo. Nunca más se reconstruyó. Al menos no se hará de nuevo hasta el final de los tiempos. Pero cuando sus discípulos le preguntaron acerca del fin de los tiempos, dijo que muchos lo anunciarían, y así sucedió. Se han dado muchas fechas para el fin del mundo como la del año 1000, cuando el papa Silvestre II dijo que tras esa fecha sería el fin. Miles lo creyeron y peregrinaron a Jerusalén para ver llegar a Cristo, pero no sucedió nada. Otros creyeron que sería en el siglo XIV en plena peste negra, pero tampoco sucedió. Algunos pensaron que el fin sería en el 1504 por una serie de señales que sucedieron en Italia. Más tarde, el matemático Johannes Stoeffler predijo que todo terminaría en el 1524 por medio de un diluvio, aunque la Biblia niega que se pueda producir otro. Hasta Cristóbal Colón puso una fecha, el año 1658. La secta de los Shakers lo propuso para el 1793, y William Miller y los movimientos milenaristas del siglo XIX pusieron muchas fechas: 1843, 1844 y 1944. Podríamos continuar con la lista —comentó Jack.

Bogatov los miraba sorprendido.

—Entonces, ¿cuándo será?

Dámaris tomó la palabra y le explicó brevemente en una hoja.

"Pero del día y la hora nadie sabe, ni aun los ángeles de los cielos, sino sólo mi Padre".

—No se puede conocer la fecha exacta, pero hay una serie de señales y acontecimientos que deben producirse. Según Jesús, habrá guerras y rumores de guerras.

—Eso siempre ha habido —dijo Bogatov.

—Nación contra nación y reino contra reino —añadió Grace.

—¿Una guerra mundial? —comentó el ruso.

—Sí, ya ha habido dos y puede que estemos ante una tercera. También habrá pestes. Hemos sufrido una hace poco y los científicos pronostican que habrá muchas más. También hambre, y en la actualidad unos ochocientos millones no tienen los alimentos básicos y pasan hambre.

Terremotos en muchos lugares, algo que cada vez se está generalizando mucho más —le explicó Dámaris.

—Además de tribulación contra los cristianos. ¿Sabe cuál es el siglo en el que más se ha perseguido a los cristianos por su fe? —le preguntó Jack.

—El siglo I de nuestra era, imagino.

—No, el siglo XXI. Jamás ha habido tantos mártires por causa de Cristo. También predijo Jesús la apostasía de la iglesia y su enfriamiento. La última señal sería que el Evangelio sería predicado en todo el mundo.

—¿En qué momento nos encontramos? —preguntó el ruso.

Dámaris comenzó a escribir un diagrama de los tiempos del fin.

—Primero será el principio de dolores que hemos hablado: guerras, sediciones, hambrunas, terremotos, inmoralidad, engaño, persecución y apostasía. Después el rapto, según creen muchos cristianos. Otros piensan que los cristianos pasaremos los siete años del gobierno del anticristo en la tierra. Durante este periodo, habrá rumores de paz y seguridad, los dos testigos serán asesinados y se construirá el Tercer Templo. La "gran ramera", una religión falsa, ayudará al anticristo con su falso profeta. Tras los tres primeros años y medio habrá guerras, la llegada de la bestia y el inicio de las plagas. Todo esto es llamado la gran tribulación. Tras la batalla de Armagedón vendrá el reino *millennial*. Tras esos mil años será la batalla de Gog y Magog. Habrá el gran juicio final, Satanás será destruido y descenderá del cielo la Nueva Jerusalén y comenzará el reino eterno de Dios.

Bogatov parecía abrumado.

—¿Por qué no he oído hablar a nadie jamás de esto?

—Son los secretos revelados en el Apocalipsis. Muchos prefieren pensar que esto no sucederá jamás —dijo Grace—, porque si sucede, eso supondría que todos seríamos juzgados por nuestras obras y por el rechazo a Cristo.

Bogatov mandó salir a sus hombres.

—¿Qué tengo que hacer para tener la vida eterna?

Los ojos del hombre se humedecieron y agachó la cabeza. Nunca pensaron que un hombre tan orgulloso fuera a aceptar a Cristo.

—Arrepentirse de sus pecados, pedir a Dios perdón y reconocer a Cristo como su Señor y Salvador —dijo Dámaris.

—Lo acepto y le pido el perdón por mis pecados —dijo entre lágrimas.

Dámaris oró por él. Después, el hombre se secó las lágrimas, su rostro parecía haber cambiado de repente. Luego les preguntó:

—¿Qué podemos hacer?

—El mundo tiene que saber lo que está a punto de suceder —contestó Grace, aunque no sabía bien cómo podían advertir a la gente y que creyera su mensaje.

57

Alemania

Salzburgo, julio de 1943

El avión aterrizó en Salzburgo a primera hora de la mañana. Cuando salieron del aparato, Alexander sintió el frescor de los Alpes cercanos. El calor del mar Negro había quedado atrás, pero desde el mismo momento en el que puso el pie en tierra sintió que casi una total oscuridad se cernía sobre Alemania. Bohdan caminaba confuso a su lado, seguramente sorprendido por aquel paisaje tan verde y los edificios suntuosos de la ciudad.

Los llevaron al cuartel general de la Gestapo. Allí estaban preparando los vehículos necesarios para transportarlos ante Hitler, pero les esperaba una desagradable sorpresa.

Gerhard Kittel estaba charlando con el monje cuando escucharon unas botas que se acercaban hasta la puerta. Un soldado de las SS la abrió y ante ellos apareció la figura de Heinrich Himmler. Su porte no era elegante, a pesar del uniforme negro hecho a medida, nada que ver con la figura de caballeros teutónicos de la que solían presumir los nazis. Himmler parecía un oficinista gris, un tipo corriente metido en un papel protagonista que le quedaba grande. Lo que asustaba de aquel hombre era su poder y el dominio que tenía de los servicios secretos, la policía política y las SS.

—Bueno, ya hemos cazado a la rata, pero espero que también al queso.

—Gerhard se cuadró ante él como si fuera un militar.

—¿Este pordiosero es el monje que nos ha tenido en jaque? Aunque le pega: es el representante de un carpintero judío de provincias —bromeó. Ya no parecía recordar cómo de joven había sido un devoto católico.

—Alexander Melnik era uno de los cuidadores de la biblioteca del Monasterio de la Roca en Kiev —comentó el teólogo.

—Kiev será pronto reconstruido y sus tierras repartidas a buenos alemanes. Una de las zonas más fértiles del mundo no puede estar en manos de judíos y bolcheviques. Pero, vayamos a lo que nos ocupa. ¿Dónde se encuentra el manuscrito?

Dos personajes más oscuros estaban al lado de Himmler. Uno era su astrólogo personal, Karl Maria Wiligut, un austriaco de formas groseras, pero con una capacidad infinita de manipulación. Aquel tipo alcohólico, violento, incestuoso y pedófilo era el consejero espiritual de Himmler. Al otro lado, Erik Hanussen, un judío danés que había cambiado su apellido para ocultar su origen no ario. El mago había adquirido fama al predecir que el Reichstag ardería, como así ocurrió.

—Deje que mis expertos examinen el documento.

—Esto es mucho más que un libro mágico: es un trabajo para teólogos y especialistas en la Biblia —se quejó Gerhard.

—No me obligue a pedírselo de nuevo. Usted solo ha sido un estúpido útil y por tanto prescindible, por no hablar de lo que le sucedería a su familia.

El hombre le dio el cilindro.

—Tengan cuidado, el manuscrito fue escrito por uno de los hombres más cercanos a Dios, el discípulo amado, además de ser dictado por el mismo Cristo —les advirtió Alexander.

En cuanto Himmler dejó el cilindro en la mesa los dos falsos brujos se lanzaron sobre él. Erik lo desenroscó e intentó sacarlo, pero se quemó la mano y lo soltó.

Karl llegó a abrirlo, pero el manuscrito comenzó a soltar destellos que le cegaron.

Himmler alargó la mano, furioso, pero antes de que sus dedos se posaran en el libro notó una fuerza que le hizo temblar, como si hubiera recibido una descarga eléctrica.

—¡Qué diablos!

Alexander guardó rápidamente el rollo.

—Se lo advertí: este documento únicamente puede tocarlo gente santa, cristiana. Ni siquiera yo puedo hacerlo.

—Pensé que usted era cristiano —dijo Alexander.

—Lo fui, pero no se puede servir a dos señores, y escogí la oscuridad.

—Estupideces. Nosotros llevamos la luz de nuestra raza y el Tercer Reich durará mil años. Las profecías hablan de ello claramente.

El teólogo, por primera vez en mucho tiempo, recuperó su valor perdido.

—El único reino *millennial* será el de Cristo, como el apóstol Juan predice en este libro. Él volverá para reinar con justicia y unirá con él a todas las familias de la tierra.

Himmler parecía confundido por las palabras del teólogo.

—Será mejor que no diga ni una sola palabra más.

—No sé si el Führer es el anticristo y el hombre de maldad, pero sin duda es un anticristo.

Himmler sacó su arma. Jamás había disparado a nadie. Siempre dejaba el trabajo sucio a alguno de sus secuaces.

—¡Cállese de inmediato, sus palabras taladran mis oídos!

—Cristo es el único Mesías y salvador de la humanidad y pondrá a todos sus enemigos por estrado de sus pies.

Himmler apretó el gatillo y los sesos del teólogo se esparcieron por la mesa.

Alexander pensó que aquel hombre se había reconciliado con Dios en el último momento por aquella valentía y susurró una oración en sus labios.

—¡Llévense a esta basura! —gritó frenético Himmler—. Tome ese cilindro y sígame.

Himmler los llevo hasta los vehículos, Hitler les esperaba impaciente, quería descubrir lo que decían las profecías y si anunciaban su imparable poder y su dominio completo del mundo.

58

Vigilia

Universidad de Asbury, Kentucky, en la actualidad

Cuando Daniel entró en la gran sala de la capilla, esta se encontraba abarrotada. No solo la parte baja, todo el anfiteatro estaba repleto de gente. El pequeño grupo de alabanza, dos guitarras y un pianista, había sido reforzado por otros músicos y cantantes. El capellán se sentó en la primera fila, le habían guardado un sitio, y disfrutó de la alabanza como no lo había hecho en mucho tiempo.

Los jóvenes parecían extasiados con las canciones, pero no tanto por el estilo o la profesionalidad de los músicos. Había una presencia de Dios tan especial que podía sentirse en toda la sala.

Daniel escuchó cómo la música se apagaba y abrió los ojos. Estaba tan concentrado que se le había olvidado que tenía que dar una breve predicación. Subió al púlpito con la piel erizada, la presencia de Dios era más fuerte que nunca.

—¡Dios está aquí! ¡Su bendita presencia se encuentra en este lugar! No es por la capilla o el templo. Él habita en los corazones de todos aquellos que confiesan sus nombres. El profeta Daniel y otros jóvenes como ustedes fueron llevados a Babilonia como esclavos, para ser educados en las brujerías y magias de aquella nación, y determinaron no contaminarse con la comida del rey, una comida sacrificada a los ídolos, compuesta además por muchos de los alimentos que tenían prohibidos los judíos. Estando Daniel en oración, como en un rato estaremos nosotros, un ángel se le presentó y le dijo:

> Y volví mi rostro a Dios el Señor, buscándole en oración y ruego, en ayuno, cilicio y ceniza. Y oré a Jehová mi Dios e hice confesión diciendo: Ahora, Señor, Dios grande, digno de ser temido, que guardas el pacto y la misericordia con los que te aman y guardan tus mandamientos; hemos pecado, hemos cometido iniquidad, hemos hecho impíamente, y hemos sido rebeldes, y nos hemos apartado de tus mandamientos y de tus ordenanzas. No hemos obedecido a tus siervos los profetas, que en tu nombre hablaron a nuestros reyes, a nuestros príncipes, a nuestros padres y a todo el pueblo de la tierra. Tuya es, Señor, la justicia, y nuestra la confusión de rostro, como en el día de hoy lleva todo hombre de Judá, los moradores de Jerusalén, y todo Israel, los de cerca y los de lejos, en todas las tierras adonde los has echado a causa de su rebelión con que se rebelaron contra ti. Oh Jehová, nuestra es la confusión de rostro, de nuestros reyes, de nuestros príncipes y de nuestros padres; porque contra ti pecamos. De Jehová nuestro Dios es el tener misericordia y el perdonar, aunque contra él nos hemos rebelado.

—Con estas palabras, Daniel rogó por su pueblo que se había alejado y Dios escuchó su oración, Él siempre está atento a nuestras palabras de arrepentimiento. Él es un Dios misericordioso. Estaba orando aún Daniel cuando Dios le habló y le dijo el tiempo que el pueblo aún estaría prisionero en tierra extranjera y le anunció:

> Aún estaba hablando y orando, y confesando mi pecado y el pecado de mi pueblo Israel, y derramaba mi ruego delante de Jehová mi Dios por el monte santo de mi Dios; aún estaba hablando en oración, cuando el varón Gabriel, a quien había visto en la visión al principio, volando con presteza, vino a mí como a la hora del sacrificio de la tarde. Y me hizo entender, y habló conmigo, diciendo: Daniel, ahora he salido para darte sabiduría y entendimiento. Al principio de tus ruegos fue dada la orden, y yo he venido para enseñártela, porque tú eres muy amado. Entiende, pues, la orden, y entiende la visión.
>
> Setenta semanas están determinadas sobre tu pueblo y sobre tu santa ciudad, para terminar la prevaricación, y poner fin al pecado, y expiar la iniquidad, para traer la justicia perdurable, y sellar la visión y la profecía, y ungir al Santo de los santos. Sabe, pues, y entiende, que desde la salida de la orden para restaurar y edificar a Jerusalén hasta el Mesías Príncipe, habrá siete semanas, y sesenta y dos semanas; se volverá a edificar la plaza y el muro en tiempos angustiosos. Y después de las sesenta y dos semanas se quitará la vida al Mesías, mas no por sí; y el pueblo de un príncipe que ha de venir destruirá la ciudad y el santuario; y su fin será con inundación, y hasta el fin de la guerra durarán las devastaciones. Y por otra semana confirmará el pacto con muchos; a la mitad de la semana hará cesar el sacrificio y la ofrenda. Después, con la muchedumbre de las abominaciones, vendrá el desolador, hasta que venga la

consumación, y lo que está determinado se derrame sobre el desolador.

—El ángel del Señor anunció a Daniel cuándo sería el final de los tiempos. Setenta semanas para que se terminara aquel exilio y el pecado, y entonces llegará el Mesías, el Santo de los Santos. Después vendrá la desolación y la abominación en el Templo, que será el reinado del anticristo. Daniel le había pedido a Dios que le revelara la fecha en la que el pueblo regresaría a Jerusalén, y Jehová le narró la historia de la redención de la humanidad.

El público seguía atento a la predicación del capellán.

—La profecía de las setenta semanas comprende 490 años, que se subdividen en tres partes: la primera es de 49 años, la segunda de 434 y la tercera de siete años divididos a su vez en dos. Esto daría un total de 483 años para que se cumpliera la profecía. Quedaría una semana que no se habría cumplido. Las primeras setenta semanas se cumplieron cuando el rey Artajerjes de Persia, en el 445 a. C., ordenó el regreso del pueblo de Dios a su tierra. La reconstrucción del templo y la muralla llevó 49 años, otras siete semanas. Si contamos que los años judíos tenían 360 días, los 483 años después del 445 antes de Cristo nos pondrían en el año 30 después de Cristo, justo cuando murió Jesús, ya que el monje Dionisio el Exiguo se equivocó tres años en sus cálculos. La mayoría de los eruditos creen que estamos en un gran paréntesis a punto de terminar y que esa última semana está por culminar.

Se hizo un largo silencio en la congregación.

—Por eso es tiempo de arrepentirse, como hizo el profeta Daniel, acercarse a Dios y pedir que él derrame de nuevo su poder sobre su iglesia.

La gente comenzó a pasar al frente y ponerse de rodillas. Daniel bajó a orar por ellos. Estaba a punto de ver un renacer espiritual como nunca había visto antes, aunque la oposición también estaba a punto de desatarse sobre él y toda su familia.

Susan y Ruth fueron dos de los jóvenes que pasaron a orar. Estaban tan asustadas y desesperadas por no tener noticias de su madre, que con lágrimas en los ojos pedían a Dios que la protegiera. Dámaris, a muchos miles de kilómetros de allí, necesitaba sus oraciones más que nunca.

59

Moscú

Mariúpol, en la actualidad

Dámaris y sus amigos estaban impresionados. La conversión del general Bogatov les recordó a Naamán, que fue sanado de su lepra y vio el poder de Dios.

—Tenemos que frenar la guerra, impedir que esos planes se lleven a cabo —dijo el ruso.

—Si es la voluntad de Dios, no podremos parar sus planes —le comentó Grace.

—Eso es cierto, una vez que el reloj de Dios se ponga en marcha, no podrá ser detenido —dijo Dámaris.

Jack parecía no estar de acuerdo.

—Dios ha cambiado a veces sus planes. Por eso oramos, porque pensamos que él puede decidir otra cosa. Sucedió con la intercesión de Abraham por Sodoma y Gomorra. También cuando Elías oró por que no lloviera y más tarde oró por lo contrario y comenzó a llover.

—Bueno, lo único que digo es que hablemos con el presidente. Si él para la guerra, todo se detendrá.

Dámaris y sus amigos tenían muchas dudas. Ir a Rusia era meterse en la boca del lobo.

—Bueno, podemos hablar con el presidente de la Federación Rusa —concluyó Dámaris—, pero antes quisiera pedirle que me deje mandar un mensaje a mis hijas. Deben estar muy preocupadas.

Bogatov les facilitó un teléfono a los tres. Después se fue del despacho y dispuso todo para el viaje.

Una hora más tarde, estaban embarcando en un *jet* que los tenía que llevar directamente a Moscú. El avión salió en hora. Todos se relajaron en su interior. Escapar de un país en guerra siempre era una buena noticia.

El vuelo se estaba desarrollando con normalidad hasta que de la cabina salieron cuatro hombres armados. Bogatov se puso de pie, furioso.

—¿Qué sucede?

Uno de los hombres armados era Ramzán Kadírov, quien empujó al ruso a su asiento y le apuntó con un Kalashnikov.

—Será mejor que se esté quietecito, no tengo mucha paciencia.

—Está secuestrando un avión del gobierno de la Federación Rusa.

—No estoy secuestrando a nadie. Vamos a desviar el vuelo a Grozni hasta que compruebe ese manuscrito. El presidente de la Federación Rusa nos encargó a nosotros el documento, no al Grupo.

El ruso sabía que tenía razón, pero odiaba con toda su alma a los chechenos, no se fiaba de ellos.

El vuelo tardó un par de horas en llegar a la capital de Chechenia. Grozni se había fundado por capricho del zar Alejandro I en 1817. La ciudad creció alrededor de una fortaleza militar cosaca y más tarde por la próspera industria petrolera. La ciudad había sido casi totalmente destruida en 1990 por las luchas entre los insurrectos chechenos y las fuerzas rusas. Desde su reconquista definitiva en 1999, la ciudad había prosperado notablemente. Ahora estaba controlada por un señor de la guerra puesto por el presidente de la Federación Rusa.

El avión descendió y aterrizó sin problemas en el aeropuerto. Llevaron a los prisioneros al cuartel general de Ajmar Aijanov. Allí les esperaban algunos popes ortodoxos que iban a examinar el manuscrito. Uno de ellos era un famoso erudito georgiano que habían traído para la ocasión.

Dámaris y sus amigos entraron en la sala y vieron a los sacerdotes ortodoxos, que les saludaron al entrar. Al general ruso se lo habían llevado a otra sala.

—Bueno, tienen un día para examinar el documento. Espero su informe a primera hora de la mañana. Cuando me lo entreguen, les pagaré la cantidad estipulada.

—Así se hará.

En cuanto estuvieron a solas con los popes, estos intentaron abrir el cilindro. Lo lograron sin problemas.

—¡Dios mío, es auténtico! —exclamó Efrén, el más anciano de los sacerdotes.

—Claro que lo es. El manuscrito original —comentó Jack.

—Eso significa que hasta la última coma es real —dijo el otro pope.

—No solo eso. Hoy se están cumpliendo algunas de sus profecías. Por ejemplo, los seis sellos que fueron abiertos —dijo Dámaris mientras comenzaba a leer el texto en griego:

> Vi cuando el Cordero abrió uno de los sellos, y oí a uno de los cuatro seres vivientes decir como con voz de trueno:

Ven y mira. Y miré, y he aquí un caballo blanco; y el que lo montaba tenía un arco; y le fue dada una corona, y salió venciendo, y para vencer.

Cuando abrió el segundo sello, oí al segundo ser viviente, que decía: Ven y mira. Y salió otro caballo, bermejo; y al que lo montaba le fue dado poder de quitar de la tierra la paz, y que se matasen unos a otros; y se le dio una gran espada.

Cuando abrió el tercer sello, oí al tercer ser viviente, que decía: Ven y mira. Y miré, y he aquí un caballo negro; y el que lo montaba tenía una balanza en la mano. Y oí una voz de en medio de los cuatro seres vivientes, que decía: Dos libras de trigo por un denario, y seis libras de cebada por un denario; pero no dañes el aceite ni el vino.

Cuando abrió el cuarto sello, oí la voz del cuarto ser viviente, que decía: Ven y mira. Miré, y he aquí un caballo amarillo, y el que lo montaba tenía por nombre Muerte, y el Hades le seguía; y le fue dada potestad sobre la cuarta parte de la tierra, para matar con espada, con hambre, con mortandad, y con las fieras de la tierra.

Cuando abrió el quinto sello, vi bajo el altar las almas de los que habían sido muertos por causa de la palabra de Dios y por el testimonio que tenían. Y clamaban a gran voz, diciendo: ¿Hasta cuándo, Señor, santo y verdadero, no juzgas y vengas nuestra sangre en los que moran en la tierra? Y se les dieron vestiduras blancas, y se les dijo que descansasen todavía un poco de tiempo, hasta que se completara el número de sus consiervos y sus hermanos, que también habían de ser muertos como ellos.

Miré cuando abrió el sexto sello, y he aquí hubo un gran terremoto; y el sol se puso negro como tela de cilicio, y la luna se volvió toda como sangre; y las estrellas del cie-

> lo cayeron sobre la tierra, como la higuera deja caer sus higos cuando es sacudida por un fuerte viento. Y el cielo se desvaneció como un pergamino que se enrolla; y todo monte y toda isla se removió de su lugar. Y los reyes de la tierra, y los grandes, los ricos, los capitanes, los poderosos, y todo siervo y todo libre, se escondieron en las cuevas y entre las peñas de los montes; y decían a los montes y a las peñas: Caed sobre nosotros, y escondednos del rostro de aquel que está sentado sobre el trono, y de la ira del Cordero; porque el gran día de su ira ha llegado; ¿y quién podrá sostenerse en pie?

—El único que aún no se ha cumplido es el sexto sello. El quinto de los mártires ya está cumplido.

—Entiendo —dijo Efrén a Dámaris—, pero hay alguna aportación nueva en el documento.

Dámaris miró a sus amigos antes de contestar.

—Bueno, sí hemos visto algunos párrafos nuevos que nos han helado la sangre y que podrían cambiar el destino de la humanidad para siempre.

Los dos popes parecían emocionados.

—Este libro no puede caer en malas manos.

—Pues tendrán que ayudarnos —dijo Jack.

—Intentaremos llevarlos a Georgia. Desde allí será sencillo escapar hacia Europa Occidental.

Eso era precisamente lo que querían, huir lo más lejos posible de los servicios secretos rusos, los chechenos y todos los que quisieran detenerlos. El mundo debía saber lo que estaba a punto de pasar. Eran conscientes de que, aunque lo proclamaran a los cuatro vientos, mucha gente no les iba a creer.

—Muchas gracias, el tiempo corre en nuestra contra. Tenemos que salir lo antes posible.

Los popes salieron de la sala. Tenían una misión importante, sacar de Chechenia el manuscrito del Apocalipsis y advertir al mundo de lo que se avecinaba.

60

Presencia

Universidad de Asbury, Kentucky, en la actualidad

La vigilia duró toda la noche. Decenas de jóvenes salieron para arrepentirse de sus pecados y la gente se volcó en la adoración como no lo había hecho nunca. Daniel y varios de sus más estrechos colaboradores oraron por todos. Las oraciones y canciones improvisadas duraron hasta el amanecer. Daniel estaba agotado cuando algunos de los chicos decidieron continuar mientras otros nuevos llegaban. Ya no era tan joven ni fuerte como ellos. Se dirigió hasta su casa, que se encontraba en el mismo campus. Su esposa aún dormía. Se cambió y en unos segundos había caído en un profundo sueño.

Estaba en el más profundo de los sueños cuando sintió que algo se sentaba al borde de la cama. No le hizo caso. Se imaginó que era uno de sus hijos pequeños o su esposa, que los llevaba al colegio. De repente comenzó a tener mucho frío. Intentó subir la manta, pero alguien la tenía cogida. Abrió uno de los ojos para regañar a su hija pequeña y vio a un hombre con un abrigo negro a su lado. Un escalofrío le recorrió la espalda. Intentó incorporarse, pero el cuerpo no le respondió.

"No quiero que sigas haciendo esto. ¿Lo has entendido? Tienes una hermosa familia, una vida fácil aquí en la universidad. Es el trabajo de tus sueños. Hasta ahora no eras muy molesto con esa aureola de santidad, esa bondad apestosa, pero una cosa muy distinta es que lleves a todos esos jóvenes hacia él. ¡Son míos! ¿Lo entiendes? No me importan tanto los más viejos. Ya tienen suficiente quejándose de sus enfermedades y achaques, además de echar la culpa a todo el mundo de sus fracasos y miserias".

Daniel no podía moverse, hablar ni casi respirar. Sentía una fuerte opresión en el pecho. Uno de sus viejos pastores le había hablado de experiencias parecidas, de ataques satánicos mientras dormían. El capellán comenzó a orar y cantar en sus pensamientos, hasta que de repente recuperó la voz.

—Dios te reprenda, Satanás. En el nombre del señor Jesús.

El diablo se puso de pie y se separó un poco.

—Crees que eres cada vez más fuerte, pero yo conozco bien tus debilidades. A mí no me engañas.

—Jesús te venció en la cruz, ya no tienes poder sobre la vida ni la muerte. Tu final está muy cercano.

A medida que oraba se sentía más fuerte y decidido. Se incorporó y extendió las manos.

—Cristo volverá para reinar. Nosotros somos reyes y sacerdotes en su nombre. No engañarás al mundo con tus mentiras para siempre. Serás atado y echado al lago de fuego. Fuera de mi casa, te reprendo en el nombre de Nuestro Señor Jesucristo.

En ese momento, el diablo desapareció de su vista. Estaba sudando y con el corazón acelerado. Su esposa entró en el cuarto al escuchar las voces. Acababa de regresar de la compra.

—¿Qué te pasa?

—Nada, estoy bien.

—¿A qué hora llegaste? No te oí.

—Esta mañana, pasamos la noche orando. Dios se movía con tanto poder que no podíamos dejar de hacerlo. Es un avivamiento, Ane. Dios lo está haciendo.

La mujer frunció el ceño. Sabía que su esposo era demasiado apasionado y era capaz de llevar las cosas hasta el extremo.

—Eres un capellán de universidad y, sin duda, esto no es Yale.

—Dios escoge lo menospreciado, lo que no tiene nombre para humillar a lo que sí lo tiene. Él está haciendo algo increíble. Tenías que haber visto a esos chicos y chicas emocionados.

—Bueno, descansa un poco. El rector te va a llamar la atención. La gente viene a la universidad para estudiar. Cuando esos padres vean las notas de sus hijos bajar, se enfadarán y reclamarán a la universidad.

Daniel se acercó a su mujer y le puso un brazo en el hombro.

—Les pediré que estudien, pero está pasando algo muy fuerte a nivel espiritual. Voy a ir a Nashville para hablar con mi viejo profesor. Él es especialista en escatología bíblica. Estoy convencido de que la segunda venida de Cristo se acerca.

Ane sonrió. No era incredulidad, pero no podía creer lo que decía su marido. Era cristiana desde niña, la quinta de una larga saga de hijos de Dios. Tenía una vida íntima con Cristo, pero no se fiaba de ese tipo de cosas. Nadie sabía ni el día ni la hora en la que él vendría.

—Eso es imposible.

—En algún momento tenía que pasar. Se dan más señales hoy que en ningún otro momento de la historia.

—Ya decía eso mi abuelo. Si vas a ver a Anthony, será mejor que te marches. Son tres horas de conducción y te quiero aquí para la cena. Sin excusas, los niños tienen que verte, ellos no pueden esperar a que se acabe el mundo.

61

El mensaje

Universidad de Asbury, Kentucky, en la actualidad

Ruth y Susan no habían dormido en toda la noche, pero no se sentían cansadas. Jamás habían tenido una experiencia como esa. Habían experimentado una energía tan poderosa que a veces les hacía reír y otras llorar, pero lo más curioso de todo es que el Espíritu Santo se manifestaba siempre de manera personal. La mayor parte de sus compañeros habían estado en la capilla, todos de rodillas orando y cantando. Los conocían bien y una gran parte no eran creyentes hasta ese momento y otros lo eran de forma nominal, porque sus familias lo eran. Muchos de ellos coqueteaban con el sexo, la droga y la magia. Dios había cambiado todo eso de un plumazo.

Estaban saliendo de la capilla cuando se les acercó Agatha, una de las chicas más complicadas de la universidad, que siempre estaba metiéndose en líos.

—He escuchado lo que está sucediendo y me gustaría saber más.

Las dos hermanas parecían sorprendidas, jamás habían visto algo parecido.

—Si quieres vamos a nuestra habitación y hablamos —le dijo Susan.

Las tres chicas se dirigieron a la habitación, se sentaron en las dos camas y comenzaron a hablar.

—Mi familia es cristiana desde hace varias generaciones: un bisabuelo mío era predicador itinerante en el oeste, recorría kilómetros a caballo para predicar el Evangelio; mi abuela era evangelista en las campañas que hubo por todo el país en los años sesenta, y mi padre también es pastor, se jubiló hace un año. Yo soy la pequeña de cinco hermanos, la más consentida. Desde que cumplí los catorce, comencé a sentir una sensación de desasosiego. Mis padres querían que me convirtiese, pero yo me resistía. En mi familia, tenía todos los privilegios de un hogar cristiano, pero me fastidiaban las normas y las reglas. Mis amigos hacían lo que les venía en gana y parecían divertirse mucho. Comencé a consumir marihuana, después alcohol. Llegaba tarde. Un desastre. Al final me mandaron aquí y las cosas han ido peor.

La joven de repente se echó a llorar.

—Ahora me siento como una esclava, no puedo dejar nada de eso. He hecho cosas de las que me arrepiento, pero no sé si Jesús será capaz de perdonarme.

—Él siempre está dispuesto a hacerlo si nos arrepentimos de todo corazón —le dijo Ruth.

—Querría hacerlo ahora —dijo la chica entre suspiros. No podía parar de llorar.

Las dos hermanas se acercaron y pusieron sus manos en los hombros de Agatha y comenzaron a orar.

—Señor, tú que eres misericordioso y bueno, que nos amaste hasta el punto de enviar a Cristo para que muriese por nosotros en la cruz del Calvario, te pedimos que ahora aceptes a Agatha como a una de tus hijas. Repite con nosotras.

La chica intentó hablar, aunque estaba tan emocionada que su voz se quebraba a cada momento.

—Dios bueno, te pido perdón por todos mis pecados. Me arrepiento de mi forma de vida anterior. Quiero reconciliarme contigo y que vengas a morar a mi corazón. Tú eres justo, misericordioso y, por medio de Cristo y su sacrificio, has pagado por todos mis pecados. Me aferro a su entrega y sacrificio y lo acepto como mi salvador personal. En tu nombre lo pido, Jesús, amén.

Al terminar, las tres estaban llorando, emocionadas al ver lo que Dios era capaz de hacer cuando le dejábamos obrar.

El rostro de Agatha cambió por completo, como si se hubiera quitado una gran carga de encima.

—Me siento muy bien. Dios me ha lavado y limpiado, ya no tendré que hacerlo más.

—¿Hacer qué? —preguntó Susan.

La chica se lo pensó muy bien antes de hablar.

—Bueno, unas chicas y yo estábamos contactando a unos hombres, hombres importantes de Washington. Hacíamos ciertas cosas por dinero.

—Dios mío, no puede ser —dijo Ruth.

—Algunas empezaron en la plataforma esa para ganar dinero enseñando el cuerpo y por ahí les contactó una mujer llamada Mary Payne. Al parecer, esta señora es la que proporciona chicas a senadores y congresistas. Yo solo fui una vez, pero no he vuelto a hacerlo. Era asqueroso.

Las dos chicas pensaron que tenían que avisar cuanto antes a Daniel de lo que había estado sucediendo en el campus.

—Ahora han ido varias a Nueva York para una reunión importante de la ONU. Algunas de mis amigas están allá, en especial Gretchen. Apenas tiene dieciocho años.

Ruth tomó el teléfono para llamar a Daniel y vio que tenía un mensaje de voz. Lo escuchó y se quedó boquiabierta. Era su madre. Por fin tenían noticias de ella. Eso significaba que estaba viva.

Las dos chicas se fueron a descansar. En cuanto se despertaran, iban a llamar a Daniel para que supiera lo que estaba sucediendo en el campus.

62

El Nido del Águila

Berchtesgaden, julio de 1943

Alexander y el joven Bohdan aún estaban conmocionados por lo ocurrido. A pesar de haber visto muchas cosas en Ucrania durante la guerra, ahora eran conscientes de que se internaban en el mismo corazón del mal, en la guarida del mismísimo diablo. La oscuridad parecía reinar en aquel lugar a pesar del pasaje idílico y la naturaleza exuberante. El pueblo al que se dirigían se encontraba al sur de Salzburgo y apenas a una hora en auto del lugar de nacimiento de Adolf Hitler. El dictador de Alemania se había criado en aquellas tierras austriacas que, aunque extremadamente bellas, siempre habían sufrido la endogamia de sus habitantes, el oscurantismo y la superstición. El padre de Hitler era hijo de madre soltera y su padre lo reconoció cuando ya era mayor. Aquello había hecho que su padre, Alois, fuera un hombre déspota y cruel, casado dos veces, la segunda con su propia sobrina, la que sería la madre de Adolf Hitler. Klara Pölzl, su madre, lo mimó hasta el extremo, ya que había perdido varios niños antes. Su padre le pegaba y maltrataba. El joven Hitler se había visto aliviado tras la muerte de su padre y consiguió que Klara le pagara sus estudios en Viena, aunque apenas podía permitírselo. Tras la muerte de su madre, el joven Hitler continuó en Viena intentando convertirse en pintor y arquitecto, pero sin éxito, hasta que al negarse a trabajar terminó siendo un sintecho, viviendo en albergues. Veinte años más tarde, era uno de los hombres más poderosos del mundo. ¿Cómo había conseguido aquel meteórico ascenso?

Muchos creían que Adolf Hitler había vendido su alma al diablo para conseguir poder y fortuna. Alexander se preguntaba si aquel hombre era el anticristo anunciado en la Biblia. Cumplía algunos de los requisitos, como el hecho de tener sangre hebrea, posiblemente de un abuelo lejano, haber apostatado de la fe y servir a su amo, el diablo. Hitler se había acercado a las ideas orientalistas mientras vivía en Viena, además de admirar a *Ostara*, la revista antisemita y mística sobre los arios. Algunos aseguraban que practicaba la ariosofía, una creencia heredera de la teosofía, una de las religiones mistéricas más extendidas y conocidas de finales del siglo XIX y principios del XX.

Alexander intentó prepararse para aquel encuentro y se pasó la mayor parte del viaje rezando para sí.

Al llegar al pie de una montaña, todos los autos se detuvieron frente a un portalón de piedra excavado en la roca. Ya habían pasado varios controles de seguridad antes de llegar allí. Los bajaron del auto y los introdujeron por un pasillo, después hasta un ascensor. A medida que ascendían, Alexander pensaba en Dante y su descenso a los infiernos.

Llegaron a un nuevo pasillo, caminaron por él hasta una puerta y al abrirla se dieron cuenta del increíble lugar en el que se encontraban. Una inmensa vidriera daba a la montaña. En el medio, había una gigantesca mesa redonda y junto a la chimenea, una figura de cara al fuego, acariciando la cabeza de un gigantesco pastor alemán.

Alexander y Bohdan sentían como si les faltase el aire. En la amplia sala únicamente se encontraban ellos junto a Hitler y en la puerta, dos guardias de las SS.

Adolf Hitler se dio la vuelta. Su rostro les era conocido, pero no tenía nada que ver con las fotografías o las películas en las que le habían visto. Sus ojos azules parecían desprender fuego. Su piel cenicienta y su estatura mediana mostraban a un hombre común, pero en cuanto comenzó a hablar quedaron ambos hechizados por su voz.

—¿Estos son? ¿Has traído el rollo?

Himmler lo dejó sobre la mesa. Llevaba los guantes blancos puestos por seguridad. Sabía que aquel cilindro tenía poderes mágicos.

Hitler lo observó, pero no lo tocó ni hizo amago de leerlo.

—El libro del Apocalipsis, durante años, fue una de mis lecturas favoritas. Me atemorizaban todas aquellas visiones y la expectativa del fin de los tiempos. Los monjes de mi pueblo y el párroco siempre nos estaban amenazando con ir al infierno si no éramos buenos católicos. Nos tenían engañados. Ese dios judío que describe la Biblia no tiene nada que ver con la fuerza y el poder que rigen el Universo y este planeta. Un dios que muere en una cruz. ¡Qué estupidez! La Providencia es un poder imparable, una fuerza que es capaz de cambiarlo todo de un plumazo. Por culpa del cristianismo, llevan siglos exaltando a los débiles y a los pobres, criticando a los fuertes y poderosos. La naturaleza demuestra que únicamente los mejor preparados sobreviven, la fuerza de la voluntad es la única que cuenta en realidad.

Nadie dijo nada, pero en ese momento entró en la sala un niño de unos diez años. Hitler le acarició el pelo rubio y le hizo un gesto para que sacase el manuscrito.

—Para este tipo de cosas es mejor una mano inocente —dijo Hitler, y el chico sacó el rollo del cilindro sin ninguna dificultad. Después lo extendió en parte. Hitler y su lugarteniente se acercaron y lo miraron. Estaba escrito en griego.

—¿Puede leer el principio? —le pidió Himmler a Alexander, y este accedió:

> La revelación de Jesucristo, que Dios le dio, para manifestar a sus siervos las cosas que deben suceder pronto; y la declaró enviándola por medio de su ángel a su siervo Juan, que ha dado testimonio de la palabra de Dios, y del testimonio de Jesucristo, y de todas las cosas que ha visto. Bienaventurado el que lee, y los que oyen las palabras de esta profecía, y guardan las cosas en ella escritas; porque el tiempo está cerca.
>
> Juan, a las siete iglesias que están en Asia: Gracia y paz a vosotros, del que es y que era y que ha de venir, y de los siete espíritus que están delante de su trono; y de Jesucristo el testigo fiel, el primogénito de los muertos, y el soberano de los reyes de la tierra. Al que nos amó, y nos lavó de nuestros pecados con su sangre, y nos hizo reyes y sacerdotes para Dios, su Padre; a él sea gloria e imperio por los siglos de los siglos. Amén. He aquí que viene con las nubes, y todo ojo le verá, y los que le traspasaron; y todos los linajes de la tierra harán lamentación por él. Sí, amén.
>
> Yo soy el Alfa y la Omega, principio y fin, dice el Señor, el que es y que era y que ha de venir, el Todopoderoso.

Yo Juan, vuestro hermano, y copartícipe vuestro en la tribulación, en el reino y en la paciencia de Jesucristo, estaba en la isla llamada Patmos, por causa de la palabra de Dios y el testimonio de Jesucristo. Yo estaba en el Espíritu en el día del Señor, y oí detrás de mí una gran voz como de trompeta, que decía: Yo soy el Alfa y la Omega, el primero y el último. Escribe en un libro lo que ves, y envíalo a las siete iglesias que están en Asia: a Éfeso, Esmirna, Pérgamo, Tiatira, Sardis, Filadelfia y Laodicea.

Y me volví para ver la voz que hablaba conmigo; y vuelto, vi siete candeleros de oro, y en medio de los siete candeleros, a uno semejante al Hijo del Hombre, vestido de una ropa que llegaba hasta los pies y ceñido por el pecho con un cinto de oro. Su cabeza y sus cabellos eran blancos como blanca lana, como nieve; sus ojos como llama de fuego; y sus pies semejantes al bronce bruñido, refulgente como en un horno; y su voz como estruendo de muchas aguas. Tenía en su diestra siete estrellas; de su boca salía una espada aguda de dos filos; y su rostro era como el sol cuando resplandece en su fuerza.

Cuando le vi, caí como muerto a sus pies. Y él puso su diestra sobre mí, diciéndome: No temas; yo soy el primero y el último; y el que vivo, y estuve muerto; más he aquí que vivo por los siglos de los siglos, amén. Y tengo las llaves de la muerte y del Hades. Escribe las cosas que has visto, y las que son, y las que han de ser después de estas. El misterio de las siete estrellas que has visto en mi diestra, y de los siete candeleros de oro: las siete estrellas son los ángeles de las siete iglesias, y los siete candeleros que has visto, son las siete iglesias.

Cuando Alexander paró de leer, observó los rostros pálidos de los dos jerarcas nazis. Parecía como si aquellas palabras les hubieran arrebatado todo su poder y fuerza. Aquella descripción de Cristo nada tenía que ver con la del crucificado. Era más bien la de un Dios fuerte y poderoso dispuesto a gobernar. No podían salir de la confusión en la que se encontraban hasta que se acercó una oscura figura por un lado del salón. Ambos se irguieron y la figura se detuvo justo al lado del libro.

—No temáis, ese Cristo jamás regresará. Yo me encargaré de eso.

La voz de la figura sonó como un latigazo. Alexander y Bohdan comenzaron a temblar. No podían soportar su presencia. Era el mal en esencia pura.

63

Georgia

Grozni, Chechenia, en la actualidad

Dámaris y sus amigos estaban todavía impactados por lo que les había sucedido. No estaban seguros de si podían fiarse de Efrén y del resto de los popes ortodoxos. Les habían separado de Bogatov y sus hombres y se encontraban en un país extraño, rodeados de enemigos.

En la sala había una televisión. La encendieron y vieron las noticias rusas. Jack entendía en parte el idioma.

—Al parecer, las tropas rusas están avanzando a toda velocidad hacia Kiev. La OTAN y otros países están pidiendo que el presidente ruso frene el ataque. Han comenzado a enviar ayuda a los ucranianos y los rusos han amenazado con una guerra nuclear.

—¡Dios mío! —exclamó Grace asustada.

—No creo que cumplan su amenaza —aseguró Dámaris.

—¿Por qué? —preguntó la joven.

—Las profecías: Rusia es sin duda el Reino del Norte descrito por el profeta Daniel. El profeta describió en su libro cómo serían los últimos tiempos. Hacia los capítulos 11 y 12, lo describe claramente:

> Y se hará fuerte el rey del sur; más uno de sus príncipes será más fuerte que él, y se hará poderoso; su dominio será grande. Al cabo de años harán alianza, y la hija del rey del sur vendrá al rey del norte para hacer la paz. Pero ella no podrá retener la fuerza de su brazo, ni permanecerá él, ni su brazo; porque será entregada ella y los que la habían traído, asimismo su hijo, y los que estaban de parte de ella en aquel tiempo.
>
> Pero un renuevo de sus raíces se levantará sobre su trono, y vendrá con ejército contra el rey del norte, y entrará en la fortaleza, y hará en ellos a su arbitrio, y predominará. Y aun a los dioses de ellos, sus imágenes fundidas y sus objetos preciosos de plata y de oro, llevará cautivos a Egipto; y por años se mantendrá él contra el rey del norte. Así entrará en el reino el rey del sur, y volverá a su tierra.
>
> Mas los hijos de *aquel* se airarán, y reunirán multitud de grandes ejércitos; y vendrá apresuradamente e inundará, y pasará adelante; luego volverá y llevará la guerra hasta su fortaleza. Por lo cual se enfurecerá el rey del sur, y saldrá y peleará contra el rey del norte; y pondrá en campaña multitud grande, y toda aquella multitud será entregada en su mano. Y al llevarse él la multitud, se elevará su corazón, y derribará a muchos millares; mas no prevalecerá. Y el rey del norte volverá a poner en campaña una multitud mayor que la primera, y al cabo de algunos años vendrá apresuradamente con gran ejército y con muchas riquezas.

Jack parecía no estar de acuerdo con Dámaris.

—El Reino del Norte no es Rusia. Los estudios sobre el libro han revelado que Daniel se refería a Siria y que el Reino del Sur es Egipto.

—Ya, pero habla de la restauración de Israel —comentó Dámaris.

—Claro, la restauración que hubo tras el exilio. El hombre despreciable que menciona en los versículos siguientes fue Antíoco IV Epífanes, uno de los reyes más brutales del norte. Este hombre había sido apoyado por Roma. Era uno de los gobernantes que surgió de los restos del Imperio de Alejandro Magno. Saqueó Jerusalén y puso en el templo una figura abominable para Dios.

Dámaris negaba con la cabeza.

—Eso es correcto, pero también lo es que en el libro del profeta Zacarías lo vuelve a mencionar antes de la venida de Cristo. En Zacarias 12:2-3 dice:

> He aquí yo pongo a Jerusalén por copa que hará temblar a todos los pueblos de alrededor contra Judá, en el sitio contra Jerusalén. Y en aquel día yo pondré a Jerusalén por piedra pesada a todos los pueblos; todos los que se la cargaren serán despedazados, bien que todas las naciones de la tierra se juntarán contra ella.

—Un poco más adelante, Zacarías explica que esa batalla será al final de los tiempos, antes de la venida del Mesías:

> He aquí, el día de Jehová viene, y en medio de ti serán repartidos tus despojos. Porque yo reuniré a todas las naciones para combatir contra Jerusalén; y la ciudad será tomada, y serán saqueadas las casas, y violadas las mujeres; y la mitad de la ciudad irá en cautiverio, mas el resto del pueblo no será cortado de la ciudad. Después saldrá

Jehová y peleará con aquellas naciones, como peleó en el día de la batalla.

—Más adelante, explica que tras la derrota de esos reinos, todos irán a adorar en Jerusalén:

Y todos los que sobrevivieren de las naciones que vinieron contra Jerusalén, subirán de año en año para adorar al Rey, a Jehová de los ejércitos, y a celebrar la fiesta de los tabernáculos. Y acontecerá que los de las familias de la tierra que no subieren a Jerusalén para adorar al Rey, Jehová de los ejércitos, no vendrá sobre ellos lluvia.

—Ese rey es Cristo.

Estaban en plena discusión cuando uno de los popes se acercó a la sala y los llamó. Era ya de noche. El edificio parecía estar en silencio.

El hombre les entregó varios trajes de sacerdotes ortodoxos para que se los pusieran.

—¿Dónde está el manuscrito? —le preguntó Dámaris al sacerdote.

—No se preocupe, lo tiene Efrén. Abajo hay varios vehículos. Estamos a tres horas de la frontera.

Salieron de la sala. Lograron llegar hasta el parqueo sin que nadie los detuviera. Los autos salieron despacio, para hacer el menor ruido posible. Cuando llegaron a la puerta, los detuvo uno de los guardias.

—¿A dónde se dirigen?

—Regresamos a nuestra tierra, ya hemos cumplido nuestra misión.

El guarda miró dentro de los vehículos, pero únicamente vio a un grupo de popes.

—¡Está bien, adelante!

Los tres autos salieron de la base y en cuanto llegaron a la autopista aceleraron. Debían llegar a la frontera con Georgia lo antes posible. En cuanto Ajmar se despertara, descubriría el engaño y la vida de todos ellos correría peligro. Salieron de la capital y se dirigieron hacia el sur. Mientras recorrían las secas estepas de Chechenia, el mundo estaba a punto de ser entregado como un trofeo a Jared. Todo pendía de una votación en la sede de la ONU en Nueva York. Una vez que aquel hombre tomase el poder, ya nadie ni nada podría parar la llegada de los tiempos finales.

64

Secreto

Universidad de Asbury, Kentucky, en la actualidad

Daniel se encontraba de camino a Nashville cuando vio la llamada de las dos gemelas. En ese momento no podía atenderlas, quería reunirse cuanto antes con Anthony. Él era un verdadero experto en el libro del Apocalipsis y tal vez tuviera alguna explicación sobre por qué la actividad demoniaca parecía disparada en los últimos meses.

Cuando llegó a la Trevecca Nazarene University, una universidad con algo más de un siglo de existencia, recordó los años de doctorado y la mentoría de su viejo profesor Anthony. Daniel llevaba más de diez años sin pasar por allí, aunque había estado mandando mensajes a su profesor, también haciendo algunas llamadas telefónicas, sobre todo desde que había perdido a su esposa.

Daniel llegó a la casa del profesor a las afueras del campus. Era más bien modesta, de una sola planta, con dos habitaciones, la principal para dormir y la biblioteca. Su profesor era un amante de los libros. La investigación era su única pasión.

Llamó a la puerta, estaba seguro de que estaría en casa. Anthony únicamente salía un par de veces al día para pasear a su perro y daba clases los viernes. Estaba jubilado, pero no podía dejar la enseñanza. Su mujer y él no habían podido tener hijos. Ella había muerto justo el año en el que Anthony se jubilaba. Tenían planeado irse a Florida, pero tras la súbita muerte de su esposa había decidido quedarse. En el fondo, nunca se había visto en una de esas urbanizaciones de jubilados cerca de Miami.

El viejo profesor tardó en abrir la puerta. Parecía mucho mayor que la última vez que le había visto en persona. Al principio no lo reconoció. El hombre le miró de arriba abajo antes de exclamar:

—¡Daniel! ¡Dios mío, qué grata sorpresa!

Caminaron por el pasillo hasta la cocina. El profesor preparó un té para los dos. Era de agradecer, hacía un día gélido. Después, los dos se dirigieron a la biblioteca y se sentaron en dos sillones.

—Nunca me canso de ver su biblioteca.

—No sé qué pasará con ella cuando muera. Me temo que algunos libros se quedarán en la de la universidad, pero el resto se venderá en librerías de segunda mano, aunque en el fondo es lo mejor: los libros deben seguir su camino. Durante un tiempo estuvieron bajo mi custodia. Ahora es el momento de que continúen su camino.

Daniel se quedó impresionado ante el desapego de su viejo profesor a las cosas materiales. Siempre había sido muy austero, pero aquellos libros eran su único tesoro.

—Bueno, no quiero entretenerte con mis cosas de viejo. Si has dejado la universidad y has hecho tres horas de viaje, no ha sido para charlar conmigo.

Daniel se quedó callado al principio.

—Lo cierto es que estoy preocupado. En los últimos tiempos están pasando cosas algo extrañas en mi universidad.

El anciano frunció el ceño.

—Entonces, ¿es cierto? Había oído que en algunos sitios se están manifestando señales y liberaciones demoniacas. Algo poco usual en estos tiempos. Parecía que el racionalismo iba a ganar la partida, que la ciencia era la nueva diosa a la que había que adorar y de repente llegó el posmodernismo, lo sensorial por encima de lo racional, el fin de las verdades absolutas, la democracia de la opinión. Igual valía la idea del hombre más sabio del mundo que la del necio y, cuando pensábamos que las cosas ya no podían ir a peor, el nuevo nihilismo que llaman metamodernismo, la combinación de las peores cosas de las dos anteriores.

Daniel sabía bien de lo que hablaba su profesor. Ahora los chicos estaban tan confusos cuando llegaban a sus manos, que habían perdido toda noción de identidad, creciendo en familias rotas donde el individualismo había destruido el cimiento sólido del amor.

—Desde hace unos días, Dios está haciendo algo nuevo. Creo que es un avivamiento, pero este es distinto al otro. Tengo la sensación de que es el último de la historia de la humanidad.

Anthony abrió muchos los ojos y después se echó a llorar.

—Siempre le pedí a Dios que pudiera ver su segunda venida y no viviera la muerte.

Daniel le narró brevemente lo que había sucedido en las últimas semanas, cómo Dios estaba sanando, liberando y salvando a mucha gente que se encontraba apartada o que simplemente había vivido una religión hueca.

—Dios mío, qué maravilla —comentaba el profesor con lágrimas en los ojos—. Yo viví un avivamiento cuando era joven, en los años setenta. Fue la etapa mejor de mi vida. Sentir tan cerca la presencia de Dios, ver cómo cada día hacía maravillas, pero ahora es mucho más especial. Como dijo el escritor de Hebreos:

> Mantengamos firme, sin fluctuar, la profesión de nuestra esperanza, porque fiel es el que prometió. Y considerémonos unos a otros para estimularnos al amor y a las buenas obras; no dejando de congregarnos, como algunos tienen por costumbre, sino exhortándonos; y tanto más, cuanto veis que aquel día se acerca.

—Es cierto, tenemos que cuidarnos. Llevo varias noches sintiendo presencias extrañas, como si el diablo quisiera amedrentarme.

—No te preocupes, es más poderoso el que está en ti que el que está en el mundo. La única forma de combatir esto es en ayuno y oración. Pide a esos estudiantes que te acompañen en esta lucha, que se pongan toda la armadura de Dios para resistir el enemigo, y será él quien huirá de ustedes.

—¿Qué señales hay de que estamos cerca del final?

Anthony fue a por varios libros y los dejó sobre la mesa.

—Estas son las diez señales principales: la primera es que antes del fin habrá muchos falsos maestros y Cristos, como el mismo Jesús profetizó en Mateo 24:5. En cambio, la venida del Señor será repentina, nadie sabrá cuándo ni cómo va a suceder. La segunda señal es sobre las guerras y amenazas de guerras, algo que estamos viviendo ahora mismo. La tercera se manifestará en hambrunas y terremotos.

Los organismos internacionales creían que en el siglo XXI el hambre y la pobreza terminarían y se están acrecentando. La cuarta y aún más clara es la persecución y el odio hacia los cristianos. Jamás nos habían aborrecido tanto, incluso en países que han tenido una tradición cristiana milenaria. La quinta es la apostasía. Vemos cómo Occidente está dejando a Dios para seguir a los falsos dioses del consumismo, la autorrealización, el dinero, el placer o el individualismo. La sexta se ha introducido incluso en las familias, parece que el odio y la traición reinan por doquier.

Daniel no dejaba de anotar todo en su cuaderno.

—La séptima son los falsos profetas que dicen hablar en nombre de Dios. Siempre los ha habido, pero en los últimos tiempos arrastrarán a millones de personas. La séptima es la gran maldad que se desatará. Ya ves la caída de valores, la corrupción y la confusión de la sociedad. Egoísmo, avaricia, todo tipo de prácticas abominables condenadas en la palabra de Dios. La octava es consecuencia de las anteriores, el poco amor entre la gente, de la esposa y el esposo, entre los padres y los hijos. El orgullo y el amor narcisista están preponderando. El último será que el Evangelio será predicado en todo el mundo. Ha costado veinte siglos, pero se ha conseguido.

—Todas esas señales se están dando ahora. ¿Podemos parar el fin del mundo?

Anthony le miró y se encogió de hombros.

—Dios ha estipulado un día y una hora, como dijo Jesús y Mateo registró en su evangelio, nadie más lo sabe. Será algo sorpresivo:

> Mas como en los días de Noé, así será la venida del Hijo del Hombre. Porque como en los días antes del diluvio

> estaban comiendo y bebiendo, casándose y dando en casamiento, hasta el día en que Noé entró en el arca, y no entendieron hasta que vino el diluvio y se los llevó a todos, así será también la venida del Hijo del Hombre. Entonces estarán dos en el campo; el uno será tomado, y el otro será dejado. Dos mujeres estarán moliendo en un molino; la una será tomada, y la otra será dejada. Velad, pues, porque no sabéis a qué hora ha de venir vuestro Señor. Pero sabed esto, que si el padre de familia supiese a qué hora el ladrón habría de venir, velaría, y no dejaría minar su casa. Por tanto, también vosotros estad preparados; porque el Hijo del Hombre vendrá a la hora que no pensáis.

—Muchos no creen el arrebatamiento.

—Yo lo único que te digo es lo que pone la palabra. Arrebatamiento en griego es *harpagēsometha,* según se usa en 1 de Tesalonicenses 4:17, y significa que "seremos arrebatados o llevados". La misma palabra se usa también en Hechos 8:39, Apocalipsis 12:5, 2 Corintios 12: 2-4. Aunque muchas iglesias no creen en el rapto e interpretan el reino *millennial* como simbólico y no textual, algunos creen que la resurrección ya sucedió, como la Iglesia católica. Por eso ya están reinando con Cristo y en su segunda venida se manifestará el reino en la tierra.

—Yo a veces me he inclinado a esa idea —dijo Daniel.

—Luego están los posmilenialistas, que creen que habrá un periodo en el que el Evangelio cale tanto en el mundo que prepare la segunda venida, pero esto no coincide con las pruebas del fin del mundo que te he dicho antes. Por eso creo en el rapto, que es la doctrina que mejor se apoya en la interpretación bíblica. Primero habrá un rapto, luego la segunda venida, la victoria de Jesús, el milenio y más tarde el reino eterno de Dios. Ahora estamos al final de la gracia y a las puertas del reino *millennial*.

—Nunca ha dejado de ser dispensacionalista.

El anciano negó con la cabeza.

—Mi familia era atea y comunista, con lo que eso significaba en los años cincuenta y sesenta en Estados Unidos. Yo me convertí a Cristo en la universidad y me dejaron de hablar. Años después nos reconciliamos. Siempre vi claro que vivíamos en la última dispensación y que lo próximo sería la venida de Cristo. Mis padres se convirtieron cuando estaban a punto de morir. Espero verlos un día en la eternidad —dijo con lágrimas en los ojos.

Daniel se puso de pie y abrazó a su viejo profesor.

—Gracias por todo. Nunca se lo he dicho, pero cuando tenía muchas dudas, le conocí a usted y me ayudó a superarlas con su ánimo y sabiduría.

Daniel tomó el auto de regreso a casa. Vio el mensaje de las gemelas y se quedó espantado. La maldad y el pecado se multiplicaban por el momento, pero también lo haría la gracia, se dijo mientras conducía a toda velocidad de regreso a casa.

Anthony cenó un simple vaso de leche con galletas. Después se cepilló los dientes y se metió en la cama. No llevaba ni diez minutos cuando sintió frío. Intentó subir la manta, pero algo tiraba de ella. No miró, sabía que era el viejo enemigo que venía a torturarlo.

—¿Te crees un hombre sabio? Eres un necio, un viejo que está acabado. Dentro de poco serás pasto de los gusanos en la tumba.

El viejo profesor ni se inmutó. Sabía que lo mejor era ignorarlo, no podía hacer nada en su contra.

En ese momento sintió que la cama se movía. Intentó aferrarse a ella, pero cayó al suelo. Intentó levantarse y no pudo.

—Deja que haga mi obra, viejo chocho. Es mi tiempo y nadie podrá pararlo.

—Es tu final. Disfruta de él mientras puedas, pero recuerda que Cristo, al morir por todos nosotros en la cruz y resucitar, te venció para siempre. Crees que gobiernas el mundo, pero el tiempo se acorta. Cristo está cerca y te destruirá para siempre.

65

El hijo del infierno

Berchtesgaden, julio de 1943

Hitler parecía fuera de sí. Alexander y su amigo sentían una fuerte presión en el pecho. Hitler se acercó hasta ellos y entonces ordenó a Himmler y los escoltas que se retirasen. El líder de las SS dudó, pero al final, como siempre, complació a su amo. En cuanto estuvieron a solas, el Führer los miró fijamente a los ojos.

—¿Cómo puedo saber si soy el elegido?

El ucraniano parecía confuso: no entendía a qué se refería Hitler.

—Cuando era estudiante en Viena, después de ver mi ópera favorita de Wagner, *El anillo de los nibelungos*, mi amigo y yo fuimos a una de las zonas altas de la ciudad para verla toda iluminada. En ese momento, sentí una voz interior que me decía: "¿Quieres poseer todo esto?" No supe qué decir, pensé que eran mis pensamientos. Entonces volví a escucharla claramente y me repitió lo mismo. "Si me adoras, puedo darte el mundo". Pensé que me estaba volviendo loco, pero cuando contesté "sí" en mis pensamientos, noté que algo me poseía y comencé a hablar. Mi amigo me miraba asombrado. De repente, tenía una oratoria aplastante, como si alguien hablara a través de mis labios. Pasé horas en esa especie de éxtasis. Desde entonces, ese espíritu viene y me posee y me da órdenes. Yo le obedezco y él me prospera, cada vez me pide más. Hace un año, me dijo que debía sacrificar a los judíos. Siempre los he odiado. Quería enviarlos a África o Palestina, pero él me ordenó que los exterminase. Me dijo que no quería que volviera el Mesías, que él no podría rescatar a su pueblo.

Alexander no salía de su asombro.

—Pero, ahora que veo esto, pienso que tal vez yo sea el hombre elegido para gobernar el mundo, el ¿cómo le has llamado?

—El anticristo.

—Sí, ese ser. ¿Será humano?

—Sí.

—Cuéntame sus características.

Hitler se puso furioso cuando el monje le comentó que sería de origen judío.

—¡Maldición, yo no soy judío! ¡Esa raza maldita!

Alexander y el chico pensaron que en ese momento terminaría con ellos, pero en lugar de eso sintió que perdía fuerza.

Desde la sombra vieron que se acercaba un ser. No sabían describirlo. Tenía forma humana, pero sus rasgos parecían borrosos ante la oscuridad que le rodeaba.

—¡Mal siervo, estás destrozando mi obra por tu impaciencia!

Aquellas palabras les hicieron sentir un escalofrío. Vieron cómo Hitler se inclinaba ante aquel ser temblando.

—Como no has sido capaz de vencer a tus enemigos, dejaré que te derroten. Vendrá otro después de ti que será mi verdadero enviado.

—Pero…, mi señor, he hecho todo lo que me pedías.

Aquel ser movió una mano y Hitler comenzó a retorcerse de dolor en el suelo.

—Tú no verás mi victoria. Desde hoy, comenzarás a perder batallas y a su debido tiempo reclamaré tu alma, que es lo único que te queda.

Vieron cómo algo salía del cuerpo tumbado de Adolf Hitler, una especie de nube que comenzaba a revolotear por la sala. De repente, se paró ante ellos, después se dirigió al chico y entró por su boca y nariz. Este comenzó a tener espasmos y se derrumbó en el suelo. Alexander intentó atenderlo, pero las sacudidas eran cada vez más fuertes.

—¡Bohdan!

El chico puso los ojos en blanco, pero después empezó a normalizarse. Le levantó la cabeza y el joven abrió los ojos.

—¿Qué me ha pasado?

En ese momento escucharon una voz a sus espaldas.

—¡Libéralos!

Hitler estaba blanco, su rostro descompuesto apenas disimulaba el terror que le producía aquel ser.

El dictador alemán llamó a la guardia y a su lugarteniente.

—Heinrich, quiero que facilites un transporte para estas dos personas. Llévalos a Jerusalén y después déjalos en libertad. Devuélveles el manuscrito.

El líder de las SS parecía no entender las órdenes de su Führer.

—¿No me has escuchado, inepto? ¡Llévalos a Jerusalén de inmediato!

El jefe de las SS tomó a los dos ucranianos y ordenó al capitán Krammer que los llevara a Jerusalén, pero antes de que se marchara con ellos, le llamó aparte.

—Quiero que los lleves a Palestina, pero una vez allí mátalos y trae de vuelta el cilindro. ¿Entendido?

El capitán afirmó con la cabeza. Después llevó a los prisioneros a los autos. Media hora más tarde, se encontraban en Salzburgo. Allí les dieron una avioneta y él mismo la pilotó hasta Jerusalén. Mientras pasaban los cielos de Europa en dirección a Tierra Santa, Alexander no podía dejar de pensar en lo que había sucedido. Lo que había visto en aquel lugar superaba cualquier idea que antes hubiera tenido sobre la existencia del mal y del diablo, pero lo que más le preocupaba era que ahora su amigo tuviera algún tipo de espíritu demoniaco.

66

Aliados

Nueva York, en la actualidad

Los hombres de Jared estaban haciendo un excelente trabajo. A unos pocos días de la gran asamblea ya tenían a casi la mitad de los delegados convencidos de que votaran a favor de la nueva resolución. Una de las técnicas que habían usado era jurar y perjurar que la resolución sería transitoria, que cuando la situación en el mundo mejorara, los estados recuperarían su plena autonomía. Los más poderosos pensaban que ellos liderarían el Nuevo Orden Mundial y los más débiles sabían que era inútil resistirse. Para algunos de los miembros de la asamblea, habían utilizado los viejos métodos que a lo largo de la historia siempre habían funcionado: la lujuria, la avaricia, la ambición y la envidia. Muchos de los miembros de la asamblea cayeron rápidamente en sus redes. Habían traído a las prostitutas mejores del país y también otras chicas más tiernas para paladares más exquisitos. Las cuentas en los paraísos fiscales para comprar voluntades se habían multiplicado en aquellos días, al igual que las promesas de puesto en grandes multinacionales o cargos políticos en entidades internacionales.

Muy pocos se resistían a aquellas tentaciones, pero si alguno se atrevía a hacerlo, siempre quedaba una solución más drástica: la muerte súbita. Debían hacerlo de tal forma que pareciera un accidente, pero para eso tenían a los mejores asesinos del mundo.

Jared estaba tan satisfecho que cuando reunió a Marco Pacelli y a Sam se le notaba su buen humor.

—Nunca pensé que sería tan sencillo. Todos los gobernantes del mundo son una panda de corruptos de la más baja calaña. Cualquier cosa que hagamos marcará la diferencia enseguida. Algunas de las arañas más peligrosas del mundo, cuando capturan a sus presas, les administran una especie de anestesia. En el fondo, es veneno en un grado soportable. Después simplemente las devoran sin que estas se inmuten. Eso es exactamente lo que haremos con la humanidad y el planeta.

Pacelli no parecía tan optimista. Había sido fácil sentar en una mesa a la Iglesia católica, algunos emires y rabinos, pero algo muy distinto era que los imanes de Jerusalén consintieran que en la explanada de las mezquitas se construyera una iglesia y un nuevo templo judío.

—Te veo cabizbajo —dijo Sam al sacerdote.

—No avanzamos en el tema de Jerusalén y el tiempo apremia. Si conseguimos un gobierno mundial, pero no unimos a todas las religiones en una sola, las fisuras no tardarán en aparecer. Ya sabes lo que son capaces de hacer esos fanáticos por su fe.

Jared miró con cierto desdén a Marco Pacelli. Creía que su papel de profeta le venía grande.

—Te pasaré los contactos adecuados. También sé cómo presionar a esa gente. También ellos tienen sus puntos flacos, simplemente hay que dar con ellos.

Marco frunció el ceño. Aquel niñato se creía la pieza imprescindible de lo que estaba a punto de suceder, pero el único que en el fondo tenía todo el poder era su amo. Llevaba milenios planeando todo aquello y, aunque en el libro del Apocalipsis se vaticinara su derrota, Satanás sabía que la libertad del hombre y el libre albedrío eran su baza. Ya lo había conseguido una vez en el jardín del Edén, y lo volvería a conseguir. Destruiría a esa maldita humanidad para siempre. Únicamente salvaría a unos pocos escogidos y los convertiría en seres inmortales como él. Todos lo demás carecían en el fondo de importancia. El tiempo del fin estaba cerca y su amo, cada vez más impaciente de demostrar su poder, odiaba encontrarse en las sombras. Aunque durante siglos había preferido aquella estrategia, era mejor que nadie supiera de su existencia, para obrar todas las cosas en secreto. Ahora era el tiempo de que todos vieran su poder y temblaran.

67

Camino de Georgia

Chechenia, en la actualidad

Llevaban una hora de camino cuando escucharon los helicópteros. Los aparatos comenzaron a descender e intentaron sacarlos de la carretera. Como no sabían en qué vehículo iban, no se atrevían a disparar.

—Nos quedan casi dos horas, no lograremos llegar a Georgia —dijo uno de los popes.

—Si tomamos el camino viejo, podremos escondernos en los bosques —comentó el conductor mientras intentaba esquivar el aparato.

—¡Vamos, antes de que nos saque de la carretera!

El auto tomó uno de los caminos de tierra y le siguió el resto de los vehículos. Aceleraron para llegar al bosque lo antes posible, pero justo cuando se encontraban a un par de kilómetros, el helicóptero lanzó un misil que hizo un gigantesco socavón justo en el camino. El primer auto frenó en seco, los otros casi se chocaron entre sí. Intentaron rodear el gran cráter y meterse por los campos, pero el último de los transportes se quedó atascado en el fango. Únicamente lograron continuar dos de ellos.

En ese momento, varios soldados se descolgaron de unas cuerdas e intentaron subirse en los autos. Uno de los hombres que los acompañaban abrió la puerta y el soldado se cayó al suelo, pero otro de los chechenos se aferró a la parte trasera del vehículo y sacó el arma. Todos se agacharon instintivamente antes de que la ráfaga de balas destrozara el cristal trasero y delantero. Jack se asomó y empujó el cañón del arma. El checheno intentó entrar, pero Jack logró darle un empujón, cayó al suelo y le pasó por encima el otro auto.

En el vehículo de atrás, las cosas eran mucho peores. Dos de los chechenos forcejeaban con los ocupantes. Uno de ellos desvió el volante y el auto se salió del camino y se estrelló contra un árbol. Ahora únicamente resistía el auto en el que viajaban Dámaris y sus amigos.

Apenas les quedaban unos metros para internarse en el bosque cuando un nuevo misil estalló a pocos metros. El conductor frenó en seco, pero el auto se metió en el cráter y se volcó. Todos los ocupantes sintieron cómo sus cuerpos se ponían bocabajo y quedaron colgando. El conductor fue el primero en salir, después el pope que les ayudó a ellos.

—¿Quién tiene el manuscrito? —preguntó Dámaris angustiada.

—Lo tengo yo, pensamos que era mejor no separarlo de ustedes.

Los cinco comenzaron a correr hacia los árboles. Varios soldados saltaron desde uno de los helicópteros y comenzaron a seguirlos a pie.

—Queda una hora para la frontera si logramos atravesar el bosque. Vamos a dividirnos, así tendremos más posibilidades de conseguirlo.

Los tres amigos no parecían muy convencidos.

—Yo me iré con el chofer —dijo Jack.

Los dos grupos se dividieron, unos hacia una ladera y los otros bordeando un río. Lograron avanzar unos kilómetros sin que los soldados los localizaran, pero justo cuando ambos grupos se encontraban muy cerca de la frontera, fueron interceptados.

Jack y el chofer vieron cómo tres soldados les cerraban el paso. El georgiano hizo el amago de sacar su arma y los chechenos comenzaron a disparar. Los dos hombres cayeron fulminados al instante. Enseguida se acercó un oficial y miró los cuerpos.

—¡Pero no tenías que matarlos! ¡Tienen una información muy valiosa!

Mientras tanto, Dámaris, Grace y el pope se acercaban a la alambrada de la frontera. Estaba en mal estado por muchos lados. Se acercaron a un poste y comenzaron a cruzarla. El pope abrió el hueco con las manos y pasó primero Grace. Después le siguió Dámaris, pero cuando iba a pasar él, sintió cómo una bala le alcanzaba en la espalda.

—Tome el cilindro —dijo mientras comenzaba a salirle sangre por la boca—. En el Monasterio de Jvari les ayudarán y les facilitarán un transporte hasta Jerusalén.

El hombre se derrumbó y ellas se echaron a correr. Los chechenos les dispararon del otro lado, pero cuando estuvieron fuera de tiro se pararon para descansar. Se encontraban de nuevo en un país desconocido y completamente solas. Temblaban de miedo y frío, pero al menos estaban vivas. Temían que algo malo le hubiera sucedido a Jack, pero no podían hacer nada por él. Lo único que les quedaba era intentar advertir al mundo de lo que estaba sucediendo y mostrarle su descubrimiento.

68

Salvación

Universidad de Asbury, Kentucky, en la actualidad

En cuanto llegó a la universidad se reunió con Susan y Ruth. Los acompañaba otra chica, la que les había explicado lo que sucedía.

—Pero eso es increíble. Hay políticos y empresarios importantes involucrados.

—Lo peor es que hay varias chicas de la universidad en Nueva York, se alojan en un hotel en Manhattan —dijo Susan.

—Tenemos que ir a por ellas y denunciar todo a la policía —dijo Ruth.

—Si hay gente a ese nivel, la policía no hará nada. Debemos sacarlas de allí y llevarlas a la prensa. Es la única manera de que este caso salga a la luz —dijo Daniel.

—Nosotras iremos contigo —dijo Ruth.

—No sé si es una buena idea.

Al final los cuatro subieron al auto y al llegar a Lexington tomaron el primer vuelo a Nueva York. Dos horas más tarde, viajaban en un Uber hacia Manhattan.

Ruth y Susan jamás habían estado en la ciudad. No dejaban de mirar los rascacielos hasta que se introdujeron en el túnel. Después salieron a las atestadas y atascadas calles de la ciudad. Si miraban las imponentes fachadas, la ciudad parecía caída del mismo cielo, pero en cuanto observaban las calles llenas de mendigos, suciedad y tiendas cutres, se daban cuenta de que, como otras muchas cosas en Estados Unidos, era pura fachada.

El Uber los llevó hasta la puerta del hotel en el que se hospedaban las chicas. Se bajaron y miraron la fachada moderna, que no pegaba con el resto de los edificios de ladrillo renegrido por el humo de los autos.

—Imagino que estarán vigiladas. Puede ser peligroso. Será mejor que me esperen aquí. Si no bajo, llamen a la policía —comentó el capellán.

—Ni hablar —dijo Susan mientras le seguía.

—¿Cómo las encontraremos? No creo que estén registradas con sus nombres verdaderos —comentó Ruth.

—Bueno, todos los gastos los paga una empresa llamada Alfa S. A. Deberían estar a su nombre —dijo Agatha, que no había abierto la boca durante todo el viaje.

Daniel se acercó al recepcionista. Parecía un tipo peculiar. Vestía como si estuviera en el siglo XIX y tenía el pelo teñido de rosa chicle.

—¿A nombre de Alfa? Sí, hay tres habitaciones en la última planta, donde están las *suites*, pero no pueden subir. Si lo desean, puedo decir a los huéspedes que están en el *hall*.

—Queríamos darles una sorpresa —dijo Daniel, aunque no pudo evitar fruncir el ceño. No era capaz de decir ni una mentirijilla.

—Lo siento, el ascensor únicamente funciona con las tarjetas de las habitaciones.

Los cuatro se miraron resignados. Se sentaron en las butacas de la entrada con la esperanza de que las chicas bajasen y poder abordarlas en el *hall*. Estuvieron esperando más de dos horas hasta que Agatha reconoció a una de ellas.

—No les digas nada. Será mejor que las sigamos.

Las chicas iban con cuatro hombres que parecían gorilas de discoteca, pero trajeados. En cuanto estuvieron fuera, tomaron unas inmensas furgonetas Ford y se dirigieron al sur de la isla. Ellos los siguieron en un taxi y una media hora más tarde los autos pararon en Wall Street. Detuvieron el taxi y se apearon. Enfrente de la bolsa, había un edificio en obras. Los tipos entraron con las chicas. Un conserje los dejó pasar y subieron por el ascensor a la planta 66, según pudo comprobar Daniel.

—¿Qué hacemos? ¿Cómo vamos a entrar? —preguntó Ruth.

Daniel observó que por una de las puertas de servicio estaban metiendo cajas para el restaurante de la planta baja. En un descuido, pasaron y tomaron el ascensor de servicio. Cuando salieron en las escaleras, intentaron no hacer mucho ruido. Abrieron la puerta de acceso al pasillo. Parecía que era una planta privada. No se veían oficinas, únicamente puertas a ambos lados.

—¿Probamos con todas las puertas? —preguntó Susan.

—No nos queda más remedio —contestó Daniel.

Casi todas estaban cerradas y las pocas abiertas eran cuartos para guardar fregonas y útiles de limpieza. Se dirigieron a la que estaba al fondo. Daniel movió el pomo y la puerta cedió. Entraron en una sala amplia, pero poco iluminada. En el fondo, había una inmensa chimenea y alguien mirando el fuego.

—Perdón —dijo Daniel. La figura se giró y se les quedó mirando. Era un hombre más bien bajo, de pelo moreno con algunas canas, barba y gafas. Vestía un traje elegante y unos zapatos relucientes.

—No se preocupen, les estaba esperando.

—¿Cómo? —preguntó el capellán, aturdido.

—Siéntense, por favor. Perdonen mi poca hospitalidad, muy pocas personas suben aquí. Podríamos decir que es mi sala privada, todos tenemos una verdad. Algunos en su mente o en su alma. Ese lugar en el que podemos ser plenamente nosotros.

Las chicas estaban muy asustadas, pero se sentaron en los sillones.

—Creo que es la primera vez que las señoritas están en la ciudad que nunca duerme. Este es mi sitio preferido del mundo. Me gusta el perfume que desprende, su esencia. Millones de almas concentradas en tan poco espacio. En el fondo, Nueva York es como una sirena que atrae a los marineros a las rocas para que se hundan. Miles de jóvenes llegan cada día con sus sueños; unos a triunfar en Broadway, otros a hacerse ricos en Wall Street: escritores, cantantes, músicos, bailarines, actores, ejecutivos y vividores en general. Qué sencillo es atraparlos como moscas en la miel. Su degradación es tan rápida que en ocasiones me aburren, pero son tantos, que nadie puede rechazar esta "comida basura" del alma. ¿No creen?

—No le entiendo —contestó Daniel, aunque sentía tal desasosiego en su alma, que intuía con quién estaban tratando.

El hombre chasqueó los dedos y Agatha se puso de pie y se le acercó. Se sentó en sus rodillas y el hombre le comenzó a acariciar el pelo.

—Lo has hecho muy bien. Tendrás tu recompensa.

La chica le sonrió.

—La gente como usted es muy molesta. No dejan que las cosas simplemente sucedan. Además, me ha traído a las hijas de Dámaris McFarland. Esa zorra es muy escurridiza, pero en cuanto sepa que tengo a sus dos preciosas hijas en mi poder, dejará de correr y me traerá el manuscrito. Esta vez nadie podrá impedir que mi tiempo se cumpla.

En ese momento, el rostro del hombre se transformó, sus rasgos se volvieron finos y angelicales, el cuerpo más esbelto, pero sus manos parecían garras terribles.

—Ahora venga aquí. Su alma me parece el manjar más apetitoso que he probado en mucho tiempo.

69

El Monasterio de Jvari

Georgia, en la actualidad

Las dos mujeres consiguieron llegar hasta la carretera principal y lograron que un camión parara y las llevara hasta la ciudad más cercana. Una vez allí, fueron a ver al pope principal y cuando le explicaron lo sucedido se ofreció a ayudarlas.

—El Monasterio de Jvari está a seis horas de aquí en auto, pero ¿están seguras de que ese es el lugar correcto? Es un monasterio muy antiguo, del siglo VI. Se encuentra muy cerca de la ciudad de Mtskheta, pero hace mucho tiempo que no hay monjes.

—¿Está seguro?

—Sí, señora. Le pediré a mi ayudante que las lleve hasta la ciudad y lo comprueben por ustedes mismas. Sería mejor que fueran a Tiflis y allí podrían hablar con el patriarca.

Las dos mujeres no supieron qué responder, pero al final pensaron que esa era mejor idea.

Llegaron por la tarde a la capital de Georgia: no era muy grande, apenas tenía un millón de habitantes. El auto las dejó en la Catedral Alexander Nevsky y el ayudante del pope les presentó al secretario del patriarca Calistrato.

Entraron al despacho; era pequeño, pero ricamente adornado. El hombre, de baja estatura, estaba sentado. Tenía una enorme barriga y era completamente calvo. Bajo sus gafas redondas podían verse unos minúsculos ojos azules.

—Siéntense —dijo el patriarca—. Nuestra iglesia es pequeña y pobre, pero sabemos acoger a los peregrinos.

Dámaris le explicó su situación. El patriarca enseguida pareció empatizar con la mujer.

—Ya les he comentado que no tenemos muchos recursos, pero estoy seguro de que el ejército les facilitará un avión. Les pido que pasen la noche en la residencia de mujeres que gobiernan nuestras hermanas aquí cerca, que se refresquen y bajen a cenar. Mañana mismo saldrán para Jerusalén.

Las dos mujeres se marcharon complacidas, pero en cuanto salieron del despacho el hombre tomó el teléfono y llamó a alguien.

—Están aquí, no han hecho caso al pope. Creo que tienen el cilindro. ¿Qué hacemos con ellas?

El hombre recibió las instrucciones y asintió varias veces con la cabeza. Después colgó el teléfono y llamó al general. Él debía tenerlo todo preparado para el día siguiente. Esta vez nada podía fallar.

Dámaris y Grace fueron recibidas por las monjas con mucho cariño. Lograron cambiarse de ropa. Aún llevaban aquellas absurdas ropas de hombre religioso. Después de la ducha, fueron al comedor y probaron por fin algo caliente y sabroso.

Por la noche se fueron a su habitación. Antes de dormirse, Dámaris comprobó que el manuscrito estuviera en buen estado.

—¿Crees que el patriarca nos ayudará a llegar a Jerusalén? —preguntó Grace.

—Sí, parece un hombre normal.

—¿No te ha extrañado que parecía saber perfectamente lo que queríamos y a dónde nos dirigíamos?

—Seguramente le contó algo el sacerdote que nos encontramos.

—Efrén y el resto de los popes nos dijeron que fuéramos al monasterio. Si hubieran pensado que era mejor ver al patriarca nos lo habrían comentado.

Dámaris se quedó pensativa.

—Puede que tengas razón.

Las dos mujeres comprobaron la puerta de su cuarto. Estaba cerrada con llave.

—Me temo que esta gente no nos va a llevar a Jerusalén.

La voz de Dámaris sonó nerviosa. De nuevo estaban atrapadas. Después se asomó a la ventana. Había una caída de unos seis metros, pero si recorrían la fachada hasta la terraza no sería demasiado difícil descender por la bajante de agua.

—¿Estás loca? —le preguntó su amiga. Dámaris afirmó con la cabeza.

Primero salió ella. Fue por la pequeña cornisa un par de metros y llegó al balcón. Le siguió su amiga. Desde allí bajaron por el tubo y llegaron hasta lo que parecía un huerto. Corrieron a una puerta que había en la tapia, pero estaba cerrada. Justo en ese momento, escucharon un gruñido, miraron a su espalda y vieron un gran perro que les enseñaba los dientes. Grace dio un salto y escaló por la puerta hasta la parte alta del muro. Dámaris la siguió justo cuando el animal pegaba una dentellada a pocos centímetros de su pierna.

Saltaron al otro lado y echaron a correr. Era de noche, estaban en una ciudad extraña y no tenían dinero ni teléfono. Lo único que podían hacer era intentar contactar al embajador de Estados Unidos en Georgia o ir por sus propios medios hasta el Monasterio de Jvari. Caminaron sin rumbo hasta que vieron lo que parecía la fachada de una iglesia anglicana. Llamaron a la puerta de la rectoría y salió a abrirles un hombre en pijama. Parecía que acababan de despertarlo.

—¿Qué sucede?

—Padre, ¿podemos entrar?

El hombre se fijó en las dos extranjeras. Él era de origen inglés y sabía lo que era estar lejos del hogar.

Les preparó un té para que entrasen en calor y se relajaran un poco. Ellas le contaron todo lo que había pasado en las últimas semanas.

—Es una historia increíble, sin duda. Un colega me ha comentado que en su parroquia de Londres también están sucediendo cosas extrañas.

—Es el final de los tiempos —le dijo Grace, que había pasado de su casi total escepticismo a una fe férrea en el libro del Apocalipsis.

—Si salimos ahora, podríamos atravesar Turquía y tomar un barco en Alejandreta. No es seguro atravesar Siria en estos momentos. Desde allí desembarcaríamos en Tel Aviv. Pero ¿por qué quieren ir a Jerusalén? ¿No sería mejor ir a Roma y hablar con el papa? Tal vez ir a Washington y hablar con el presidente norteamericano. Ambos son los hombres más influyentes del planeta.

Las dos mujeres se miraron. Pensaban que ambos estaban involucrados en todo.

—¿Hay alguien importante en Jerusalén en quien puedan confiar?

—El patriarca ortodoxo de Jerusalén es amigo mío y confío plenamente en él. Le conocí hace más de veinte años. Además, es especialista en el libro del Apocalipsis y necesito que me aclare algunas cosas.

El pastor se fue a vestir. Diez minutos después, estaban sacando el auto del garaje y dirigiéndose a la frontera con Turquía. Les quedaban dieciséis horas de un largo y duro viaje.

70

Jerusalén

Jerusalén, julio de 1943

El capitán Krammer logró aterrizar en un viejo aeródromo a las afueras de la ciudad, que en ese momento estaba bajo protectorado británico. La avioneta aparecía como danesa, para que los ingleses no sospecharan. Llevaba media docena de soldados de las SS. Todos hablaban perfectamente inglés y su misión era llevar al monje Alexander y al joven Bohdan hasta el Monasterio de la Tentación. El monasterio era antiquísimo. Los cristianos habían utilizado aquellas cuevas como lugar de meditación, justo en el mismo lugar en el que Cristo había sido tentado. Los bizantinos habían creado un monasterio en el siglo VI, sobre las ruinas de una antigua fortaleza asmonea. Por allí habían pasado los persas y era uno de los lugares sagrados que había visitado Helena de Constantinopla en su visita a los lugares santos de la Biblia. Los monjes que tenían en ese momento en el monasterio eran de una orden alemana, aunque en 1874 el lugar había sido adquirido por la Iglesia ortodoxa.

Krammer llevó a los dos prisioneros hasta el prior, un tal Egbert.

—¡Heil Hitler! —vociferó el prior al ver al oficial.

Krammer levantó la mano con el saludo nazi.

—Debe guardar a estos dos hombres, llevan consigo el manuscrito del Apocalipsis escrito por el apóstol Juan. El Führer me ha pedido que le diga que el joven es el "elegido" por la Providencia.

El abad frunció el ceño.

—Llevamos milenios esperándolo —dijo con una sonrisa.

—Mis hombres se quedarán en el monasterio hasta que no los necesite.

—Muchas gracias, dé mis saludos al Führer.

Tres monjes tomaron de los brazos al joven, que se resistió a separarse de su amigo. Alexander fue conducido a la capilla principal por el abad. Su forma era extraña, pero sobre todo los símbolos pintados en las paredes.

—¿Sabe que aquí es donde ayunó Cristo los cuarenta días antes de comenzar su ministerio público?

El monje negó con la cabeza.

—Además, aquí fue también donde fue tentado por Satanás, el ángel de luz.

Alexander sintió un escalofrío que le recorrió toda la espalda.

—Tres tentaciones que logró superar, pero por poco. Si no lo hubiera hecho, la historia sería de otra manera, ¿no cree?

—Pero las superó.

—Fue una victoria temporal. Aquí mismo deberá ser formado un nuevo Mesías, pero no el que esperan los cristianos y los judíos, sino el que está creando nuestro padre de luz.

En ese momento, Alexander se dio cuenta de dónde se encontraba. Los símbolos de las paredes representaban a Satanás.

—El chico tendrá que superar las tres tentaciones, únicamente aquel que caiga en las tres será el elegido.

—¿El anticristo?

—Llámelo como quiera.

Alexander apretó el cilindro con la mano. Lo que había salido de Adolf Hitler e introducido en el joven Bohdan era el mismo espíritu del anticristo. Eso significaba que ahora su misión cobraba un nuevo enfoque. Tenía que liberar al joven. De lo contrario, debía morir.

71

Nueva York

Sede de las Naciones Unidas, en la actualidad

La asamblea estaba llena. Los presidentes de más de setenta países, entre ellos los más importantes del mundo, se encontraban presentes. El presidente de la Asamblea General de la Naciones Unidas sería el primero en intervenir. Los medios de comunicación de todo el mundo estaban muy atentos a sus palabras.

El hombre subió a la plataforma y colocó los micrófonos antes de hablar. Parecía algo nervioso, pero al final miró al auditorio mientras su imagen se proyectaba en dos inmensas imágenes a cada lado.

—Hoy es un día que cambiará la historia de la humanidad para siempre. Estamos aquí reunidos para dar un paso crucial, el más importante desde que el hombre habita este planeta. Llevamos miles de años luchando entre nosotros, provocando todo tipo de guerras y desastres naturales, pero hemos llegado a la mayoría de edad como especie y, ante los problemas globales que le ha tocado enfrentar a esta generación, debemos unirnos con un único propósito: poner en marcha una agenda que devuelva al planeta su vitalidad perdida, que le dé una esperanza de futuro al ser humano.

El silencio era casi absoluto. Todos los reunidos miraban al presidente con cierta intriga, algunos con temor. En millones de hogares, los televidentes parecían igual de hipnotizados ante aquel momento solemne.

—Ante los últimos acontecimientos, al borde de un cambio climático irreversible, cuando las enfermedades parecen acechar más que nunca a la humanidad, nos enfrentamos unidos a estos retos. Si no lo hacemos, estamos abocados al fracaso. Rusia se ha levantado contra la civilización. Mientras terminamos de derrotarlo en el campo de batalla, debemos de vencerlo con la unidad y el apoyo mutuo. Hoy, la mayor parte de los gobiernos de la tierra han cedido su soberanía a un solo hombre, alguien que podría poner un poco de orden y paz a nuestro viejo planeta moribundo. Un gobierno, un pueblo y una religión para el siglo XXI.

La gente parecía emocionada ante las palabras del presidente.

—Ese hombre es Jared Berkowitz, el empresario y político más brillante que ha dado nuestra generación. Él comenzará esta tarea titánica cuando los miembros de esta asamblea lo aprueben en una votación pública que tendrá lugar en unos momentos.

Después levantó un documento y lo enseñó a las cámaras.

—En este documento están plasmadas más de ochenta firmas de primeros ministros y presidentes de gobierno. Su aval es el que necesita esta asamblea para votar en consecuencia.

Se pasó a la votación. A medida que los votos aparecían en la pantalla, la gente comenzó a ver que el candidato al gobierno mundial lograría los votos suficientes de las tres cuartas partes, una victoria aplastante. Tras la emisión del último voto, toda la sala se puso de pie y comenzó a aplaudir hasta que el nuevo presidente de la Tierra apareció en la plataforma y se puso ante los micrófonos.

Jared lucía un traje azul impecable, su camisa blanca brillaba debajo de su corbata azulada. Miró a las cámaras con sus grandes ojos azules y comenzó a hablar:

—Me dirijo a todos los habitantes de este hermoso planeta. Prometo la mayor era de paz y prosperidad de la historia de la humanidad. Ya no habrá guerra, hambre ni dolor. Intentaremos terminar con todas las enfermedades, pero sobre todo acabaremos con las terribles divisiones que nos han debilitado como raza. Haremos un uso racional de los recursos. Ya no podemos crecer sin medir las consecuencias para el medioambiente y la población en general. Nuestra agenda es clara. Perseguimos la felicidad de todas las personas, que estarán libres del peso de las posesiones materiales y de la lucha fratricida por los recursos que nos han llevado a este punto. Propongo la unión de todas las religiones en un pacto, el Pacto Abrahámico, que será representado por las tres religiones monoteístas que figuran casi al 80 % de la población mundial, al que estoy seguro de que se unirán nuestros hermanos hindúes, confucionistas, taoístas, budistas y todos aquellos que no practican ninguna religión. Además, propongo, entre mis primeras medidas, que todos los hombres, mujeres y niños sean marcados con un código que les permita disfrutar de todos los derechos como ciudadanos de este planeta. Gracias a esta marca o código, cada habitante del planeta tendrá derecho a una comida saludable, una vivienda digna y todos los servicios de una sociedad moderna. ¡Viva la Tierra!

Todo el auditorio se puso de pie y gritó al unísono.

—¡Viva la Tierra! ¡Viva el presidente del planeta!

La gente parecía emocionada ante el nuevo anuncio. El gobierno del mundo estaría en las manos de un solo hombre, pero al que la mayoría consideraba el más capacitado y sabio que existía, el único que podía traer de nuevo esperanza al mundo.

EPÍLOGO

Jerusalén, en la actualidad

Marco Pacelli llegó a la sala con unos minutos de retraso. Allí se encontraba un centenar de personas, los patriarcas de las diferentes confesiones que habitaban en Jerusalén, los imanes más importantes y los rabinos más prominentes.

—Señores, eminencias, maestros, pastores, siervos de Dios, hoy estamos aquí para celebrar la paz, una paz que ha de durar mil años. En esta Ciudad Santa ya se ha vertido mucha sangre, demasiada. Estas murallas encierran la ciudad más sagrada de la humanidad, donde las tres religiones más importantes del mundo tienen sus templos sagrados. Esta ciudad fue elegida para dar luz a las naciones y precisamente eso es lo que queremos. Tendremos un nuevo templo aún más glorioso que el de Salomón, donde todos los hijos de Abraham, ya sean espirituales o físicos, puedan rezar a su Dios.

La mayoría recibió aquella noticia con escepticismo.

—Contamos con el apoyo del gobierno de Israel, el gobierno de la Santa Sede, la Autoridad Palestina, el gobierno de Siria, el gobierno de Jordania, el gobierno de Egipto y el gobierno del Líbano. Queremos que se unan a este gran proyecto por el bien de la humanidad. Es un deseo expresado por el presidente de la Tierra, Jared Berkowitz, y estoy seguro de que todos ustedes aceptarán por el bien de esta Ciudad Santa que tanto ha sufrido.

Se hizo un pequeño revuelo. Algunos comenzaron a protestar. En ese momento, aparecieron veinte hombres armados y apuntaron a los asistentes.

—Pasen a firmar por favor. Si alguien no desea hacerlo, será arrestado de inmediato en el nombre del gobierno de la Tierra.

Todos los patriarcas, grandes rabinos e imanes firmaron la petición. Marco nunca pensó que iba a ser tan fácil, pero quién podía oponerse al Príncipe del Mundo, al Ángel de Luz, al único que había osado rebelarse ante Dios y seguía vivo. Todavía el planeta no había visto su gloria, pero muy pronto la vería. Lo único que amenazaba aquella visión clara del futuro del mundo era Rusia, que parecía dispuesta a oponerse, al igual que China, pero ellas también terminarían por sucumbir. Estaba escrito y lo que está escrito nadie puede cambiarlo.

ALGUNAS ACLARACIONES

Esta es una obra de ficción, por lo que los nombres reales de muchos personajes han sido cambiados u ocultados. Según nos dice la palabra de Dios, nadie sabe el día ni la hora de la segunda venida de Cristo y el final de los tiempos, aunque sin duda hay algunas señales significativas, como el regreso del pueblo judío a Israel, el deseo de reconstrucción del Templo de Salomón, algunas manifestaciones de formar un gobierno mundial.

La idea de la Casa Abrahámica es real. Ya se han abierto algunos de estos templos que reúnen a judíos, musulmanes y cristianos en ciudades como Berlín.

La Agenda de la ONU para el cambio del planeta también es real. Aunque muchos lo ven como la única forma de parar el cambio climático, cuando menos es inquietante que se quiera obligar a estados soberanos y ciudadanos libres a acatarla sin debate ni un mínimo de consenso social.

El avivamiento descrito es real, al igual que la guerra en Ucrania, aunque se han añadido hechos y detalles ficticios.

Los datos sobre el libro del Apocalipsis son reales, al igual que las diferentes interpretaciones que se manifiestan en este libro.

SOBRE EL AUTOR

Mario Escobar (Madrid, 1971) es licenciado en Historia y diplomado en Estudios avanzados de historia moderna. Es profesor en la UNED, conferencista y colaborador habitual de varios medios de comunicación. Ha publicado *Canción de cuna de Auschwitz, Los niños de la estrella amarilla, Recuérdame* y *La casa de los niños*, entre otras muchas novelas. Sus libros han sido traducidos a más de quince idiomas y es uno de los autores más leídos en países como Estados Unidos, México, Holanda, Italia y Polonia, donde ganó el Premio Empik 2020 de novela. Hoy reparte su tiempo entre la literatura, los viajes y la docencia.

RESEÑAS

"Una mirada importante y sensible al triunfo del espíritu humano".

—New York Journal of Books

"El relato de Escobar atrae a los lectores con descripciones convincentes, emotivas y deslumbrantes, mientras profundiza en la naturaleza humana, la maldad, los prejuicios y el perdón".

—Historical Novel Society

"Mario Escobar se ha convertido en un detective de lupa y archivo histórico. Sus últimas obras se han propuesto novelar hechos apartados de un manotazo de nuestro pasado y revivir personajes olvidados".

—MANUEL P. VILLATORO, ABC Historia

"Mario Escobar saca el lado más humano de la gente".

—NACHO ARES, SER Historia

"Las novelas de Mario Escobar son una vacuna contra el mal".

—Herrera en COPE